Девочки　Людмила Улицкая

女孩儿们

［俄罗斯］柳德米拉·乌利茨卡娅——著

陆妍　樊雪珮吟——译

浙江文艺出版社

© Ludmila Ulitskaya
The simplified Chinese translation rights arranged through ELKOST International literary agency and Rightol Media
(本书中文简体版版权经由锐拓传媒取得Email:copyright@rightol.com)
All rights reserved.
本书中文简体字版版权，浙江文艺出版社独家所有
版权合同登记号：图字：11-2016-199号

图书在版编目（CIP）数据

女孩儿们 /（俄罗斯）柳德米拉·乌利茨卡娅著；陆妍，樊雪珮吟译. —杭州：浙江文艺出版社，2021.3
ISBN 978-7-5339-6416-0

Ⅰ.①女… Ⅱ.①柳… ②陆… ③樊… Ⅲ.①短篇小说—小说集—俄罗斯—现代 Ⅳ.①I512.45

中国版本图书馆CIP数据核字(2021)第031923号

责任编辑	诸婧琦　沈逸
责任校对	许红梅
责任印制	吴春娟
封面设计	棱角视觉
营销编辑	张恩惠

女孩儿们

[俄罗斯] 柳德米拉·乌利茨卡娅 著　陆妍　樊雪珮吟 译

出版发行	浙江文艺出版社
地　　址	杭州市体育场路347号
邮　　编	310006
电　　话	0571-85176953（总编办）
	0571-85152727（市场部）
制　　版	浙江新华图文制作有限公司
印　　刷	杭州富春印务有限公司
开　　本	880毫米×1230毫米　1/32
字　　数	110千字
印　　张	6.25
插　　页	5
版　　次	2021年3月第1版
印　　次	2021年3月第1次印刷
书　　号	ISBN 978-7-5339-6416-0
定　　价	52.00元

版权所有　侵权必究
(如有印装质量问题，影响阅读，请与市场部联系调换)

目 录

礼物　1

野孩子　29

弃婴　51

那年，三月二日……　99

水痘　127

贫穷而幸福的科雷瓦诺娃　167

礼物

周二第二节课后,五个被选中的女孩儿离开了三年级二班①的教室。打从那日清晨起,她们就如同过生日般"盛装打扮",换下褐色连衫配黑白罩裙的校服,身着白衬衣和小黑裙,俨然一副少先队员的模样,就差没戴上红领巾了!那些在阳光下熠熠生辉的丝质领巾这会儿正静静躺在包里,暂时无人问津。

被挑选出来的姑娘都是班里数一数二的尖子生,品行端正,几乎符合成为少先队员的所有要求。只有一点除外——她们都未满九岁。三年级二班当然有已满九岁的孩子,

---

① 原文直译过来是三年级 Б 班,俄罗斯人是用俄语字母来表示班级序号。由于"Б"是俄语字母表中的第二个字母,所以此处按中国人的习惯译为"三年级二班"。

可无奈他们自身不够完美，对成为少先队员不敢心存奢望。

于是，第二节课后，一班、三班各五个女生代表，连同二班的五个姑娘都身着大衣，脚踩套鞋，两两结对，在学校门廊前整齐地站成两列。起初，有个女孩儿落了单。莉莉娅·瑞莫斯卡娅因过度紧张突然间泛起恶心，她跑去洗手间吐了一会儿后，又感到一阵剧烈的头痛。大伙儿见状，不得不把莉莉娅送到校医办公室，让她躺在冰凉的沙发上歇息。就这样，没有姑娘落单了。

站在队伍最前方的是少先队大队辅导员妮娜·哈赫洛娃、七年级学生兼少先队主席丽沃娃、女鼓手康思金科娃和去年刚加入少年宫鼓号队的芭丽柏姆。丽沃娃五官精致，却有些轻微斜视。芭丽柏姆只会用小号断断续续地吹些音符，尚不能连贯地奏响旋律。

克拉维金·伊万诺夫娜·德拉奇娃和一个社会活动家老头儿跟在队伍最后。在今天这种场合，作为党组长和家长委员会的代表，德拉奇娃一改往日教导主任的形象，身上的裘皮大衣用去整整两只银黑狐狸的狐毛，远远望去，衣领显得格外扎眼。老头儿则大概是阴雨天暴走的行家。这不你瞧，他的皮靴成功躲过了雨天泥泞水坑的伏击，依旧锃亮锃亮的。

大队辅导员晃动起帽顶的绒球，少先队队旗上卷起的流苏随之摇曳。见此信号，鼓手康思金科娃噼里啪啦地敲出歌曲《老鼓手老鼓手，老鼓手在昏睡中……》的节奏，而芭丽柏姆则鼓起腮帮，把小号吹得呜呜作响。沿着还算笔直的行进路线，大部队穿越了米乌斯大街、马雅可夫斯基大街，途经高尔基大街，朝博物馆前进。一路上，他们还行经多所中学；男子中学和女子中学一概不落。毕竟，这可是全市、全俄罗斯乃至全苏联规模的活动！

正门上方的石狮四肢发达，相貌凶猛，从古至今阅人无数。这当儿，它们正从高处默默观赏这支由优等生组成的队伍。孩子们是那样优秀、年轻。

"这儿有几个小太保呀？"阿廖娜·普姗尼奇妮科娃漫不经心地对同伴玛莎·齐乐姗娃说。

"他们可不是小痞子！"玛莎听出了她的言外之意。

的确，穿深色大衣、戴护耳军帽的男孩儿们与"地痞流氓"实在大相径庭。

"不管怎样，女生还是比男生多。"阿廖娜仍坚持着内心隐秘的、尚未成形的看法。

正说着，大部队已进入博物馆内。大伙儿的心思也从混合着帝国与革命气息的、富丽堂皇的博物馆外观移开，不再去想那光滑如碧的大理石、被擦得锃亮的青铜以及那些由天鹅绒和绸缎制成的各色红旗。

孩子们被领到衣帽寄存处，一排排脱去外套、套鞋、腰带、手套……衣物多得令人手忙脚乱。她们动作笨拙，恨不得腾出另一只手来帮忙。可那只手，这会儿正提着一条无处安放的红领巾。只有一个叫索尼娅·普列阿布拉任思卡娅的胖姑娘，将珍贵无比的红领巾硬塞进白色T恤上的一个口袋。

大队辅导员妮娜伸出双手，紧握沉重的旗杆，领队上楼。她绯红的脸颊上雀斑点点。宽大的楼梯上松垮地铺着弹力地毯，如同一片青苔盖在已干涸的沼泽上。每级台阶的防滑铜条硬是把地毯顶得皱巴巴的。

末尾的家长委员会代表脱去了裘皮大衣里的普通外套，整个下巴便埋在狐狸毛领子里。站在她身旁的社会活动家老头儿——那双没沾上任何污渍的皮靴的主人——其油光锃亮的秃顶丝毫不逊色于他的靴筒。

"阿廖娜，"后排的斯维特拉娜·巴哈多利娅在阿廖娜耳畔轻声说道，"我对天发誓，阿廖娜，我全忘光了！"

"什么忘光了？"阿廖娜镇静地问，感到有点莫名其妙。

"入队誓词呀！"斯维特拉娜嘀咕着，"我是苏维埃社会主义共和国少年先锋队队员，在所有同志的见证下，我……后面就不记得了。"

"宣誓热爱祖国。"阿廖娜得意地接道。

"哎呀呀,想起来了,想起来了!我的小阿廖娜,谢天谢地!"斯维特拉娜转忧为喜,"我以为我忘光了呢!"

人齐了。大家按学校和班级为序列整齐站队。没有人交头接耳,没有人破坏秩序。整个长厅满是玻璃橱柜,柜子里则陈列着献给斯大林同志的各色礼物——金、银、大理石、水晶、珍珠贝、软玉、皮、骨制品,应有尽有;柔软的、坚硬的、轻盈的、沉重的,一应俱全。

今天不行,改日如有机会,你一定要用放大镜仔细瞧瞧印度人的米雕贺词,那些自带波浪卷的印度字母好似蚊子排出的粪便。中国人雕刻的一百零九个同心球,同样也需借助放大镜才能透过层层细致的花雕观赏到最内处那颗比豌豆还小的球体。

乌兹别克妇女穷极一生都在用自己的头发编织毛毯。那头发一半乌黑亮丽,一半白中透蓝。毛毯中央由一缕缕银灰色的发丝交织而成——那由灰转白的过渡真叫人伤感。

"这位大娘估计已经秃顶了吧!"普列阿布拉任思卡娅喃喃自语。

"这有什么意义?乌兹别克妇女反正只穿穆斯林长袍。"阿廖娜耸了耸肩,言辞尖刻。"这是她们革命前的装束,那还是很落后的时期。"玛莎·齐乐姗娃插了一句。

"落后的人哪会给斯大林同志织礼物呀!"普列阿布拉任思卡娅急忙为乌兹别克大娘辩护。

"或许,大娘的头发没全用在毛毯上。说不定她自己还留了些?"善良的巴哈多利娅边摸着耳畔的发辫——那两条用绸缎扎起的又粗又长的辫子——边不禁带着一丝希望地假设道。

"哇,快看!"玛莎突然惊呼,"看见了没?"

其实也没什么看头,无非是玻璃橱窗中陈列着的一块绣有斯大林同志肖像的方帕。十字绣并不精美,甚至都不怎么像真人,不过,还是能不费吹灰之力辨出大概。

"看见了呀,"普列阿布拉任思卡娅回答,"没什么特别的。"

"到底是什么东西呀?"阿廖娜着急起来。

"你看这儿写了什么!"玛莎指了指玻璃橱窗上的标签。标签上赫然写道:无臂女孩T.科雷瓦诺娃用双脚绣制的斯大林同志肖像。

"塔季雅娜①·科雷瓦诺娃!"索尼娅欣喜若狂,言语中不乏钦佩。

---

① 俄语中塔季雅娜的名字以T开头,所以索尼娅以为此处这个T指的是塔季雅娜。

"怎么可能,你脑袋进水了?!科雷瓦诺娃哪里无臂了?人家双手齐全呢!再说了,她用手都不见得能绣出这玩意儿来,何况是脚!"阿廖娜所言简直一针见血。

"可这里明明白白写着T.科雷瓦诺娃!"索尼娅抱有一丝侥幸,不肯当众服输,"说不定,塔季雅娜有个无臂的姐妹之类的?"

"可惜她姐姐利季娅在读七年级,而且人家也有手啊!"阿廖娜假装惋惜的样子说。随后,姑娘眯缝起双眼,晃动满头发辫,意味深长地补充道:"这事儿值得深究啊!"

正说着,大部队一列接一列,整齐划一地走入下一个展厅。鼓手站在展厅一侧,号手在另一侧,中间是手持红旗的旗手。某个约莫是资格最老的队员喝令:

"全体队伍,向红旗看齐!立——正!下面有请卓娅·科斯莫杰米扬斯卡娅和舒拉·科斯莫杰米扬斯基①这对英雄姐弟的母亲上台发言。"

大伙儿得令,随队看齐,挺胸抬头。一个身材矮小、穿蓝色制服的老妇人走出队列。她缓步向前,向大家娓娓

---

① 在苏联反法西斯卫国战争中涌现出了很多英雄,其中最为人熟知的是卓娅和舒拉姐弟,他们是那个时代里青年们英勇无畏精神的化身。共青团员卓娅参加了游击队,在一次焚烧德军马厩时不幸被捕,受尽折磨也不肯吐露半点秘密,牺牲时年仅18岁;卓娅的弟弟舒拉则牺牲在法西斯覆灭的前夕。

道来，讲述了女儿卓娅如何成为少先队员，如何焚烧法西斯马厩，又如何在被捕后死于法西斯侵略者之手的故事。

故事虽耳熟能详，可阿廖娜·普姗尼奇妮科娃听后仍不禁潸然泪下。事实上，此时此刻，大伙儿心中都燃起了一股焚烧马厩的冲动，甚至是为国捐躯的豪情。

随后发表言说的是社会活动家老头儿，他描述了在"发电机"体育场举办的少先队第一次代表大会以及马雅可夫斯基吟诵诗歌《拿起步枪，捍卫国旗》的情形。据说，当年与会的少先队员，在当天内都享有免费乘坐电车的特权，对应的票价从4戈比至11戈比不等。

演说完毕后，所有人齐声宣读少年先锋队入队誓词。大家都佩戴红领巾，只有索尼娅·普列阿布拉任思卡娅除外。先前塞在口袋里的红领巾这会儿竟不翼而飞了，胖姑娘为此痛哭流涕。大队辅导员妮娜·哈赫洛娃见状，忙解下自己的红领巾，暂且给索尼娅戴上，泪如泉涌的胖姑娘这才止住了"水龙头"。

大家高唱着队歌《燃烧吧篝火，蓝色的夜晚》，井然有序地走出展厅。与来时稍有不同的是：这一刻，孩子们的内心无比骄傲，时刻准备着为祖国建功立业。

第二天一早，所有少先队员都提前到校。四条崭新的红领巾仿佛点亮了整个三年级二班教室。每逢课间休息，胖姑娘索尼娅都要重新整理一番红领巾。坐在阿廖娜·普姗尼奇妮科娃后排的姑娘盖伊嘉·奥加涅相则因妒火中烧，故意将黑色墨水泼在了露出在阿廖娜衣领下的红领巾尖角上。因此，大部分课余时间，阿廖娜都泪流满面。课间休息快结束时，玛莎·齐乐姗娃走到阿廖娜身旁低语道：

"一块儿去问问科雷瓦诺娃，嗯……关于'无臂'那件事儿？"

阿廖娜听后，方才来了精神。科雷瓦诺娃坐在最后一排，这会儿正把红色吸墨纸撕得粉碎。两个姑娘一起走到她跟前，也没抱太大希望，只想着打听一下她是否认识无臂女孩T.科雷瓦诺娃。

科雷瓦诺娃面露窘色，她说："她哪是孩子呀！她是我老……"

"你老姐?!"两位新晋少先队队员不由齐声惊呼。

"不是老姐！这么说吧，她是我亲姑姑，叫多玛。"科雷瓦诺娃说完，低下头，垂下眼帘。看来，她并没有为自己这位"传奇姑姑"感到丝毫的骄傲。

"你姑姑用脚刺绣？"阿廖娜一开口就揭人伤疤。

"对，她什么事都用脚做，吃饭、喝水、打架……"科雷瓦诺娃如实回答。

上课铃响起，姑娘们的谈话戛然而止。整个第四节课，阿廖娜和玛莎都心思不定，频频向其他少先队队员们传递字条。下课铃一响，科雷瓦诺娃便被她们团团围住。

经过一番刨根问底之后，塔季雅娜·科雷瓦诺娃当即承认：自己的姑姑多玛确实脚上功夫了得，也的确给斯大林同志绣过礼物。不过，这都是些陈年往事了。还有，多玛姑姑并非什么抗战英雄，她"无臂"的称号也绝不是拜法西斯侵略者的炮弹所赐，她只是生来如此——完全没有双手。另外，多玛姑姑住在马琳丛区，须乘坐电车才能抵达那儿。

"很好，你可以走了！"阿廖娜说着，给科雷瓦诺娃放行。

姑娘一阵欢喜，一溜烟儿地向外跑。少先队的全体新成员们则继续召开自己的首次例会。

会议的当务之急——队委会主席选举——显而易见，大伙儿也找到了解决方案。索尼娅兴奋地在草稿纸上写下"会议记录"四个大字。接着，队员们开始投票。"全票通过，选举队委会主席为……"索尼娅记录着，并写上了阿廖娜·普姗尼奇妮科娃的名字。

就这样，阿廖娜以迅雷不及掩耳之势成功获权。小妮

子刚上任便开门见山地提议:

"我认为,有必要邀请'无臂女孩',也就是塔玛拉①·科雷瓦诺娃姑姑参加例会,请她讲讲,自己是如何给斯大林同志绣礼物的。"

"最好有个金色圆桌,桌子周围摆上一圈小凳子,再在桌上放个带开关的茶炊②和一些小杯子,一切都那么小巧玲珑,那么……"斯维特拉娜·巴哈多利娅开始浮想联翩。

"拜托,"阿廖娜遗憾地说,"小圆桌、小茶饮,常人倒没什么,可你想想,姑姑用的是脚。是脚!"

斯维特拉娜顿感无地自容。的确,同国家英雄们比邻而居的她,对茶炊有种天生的偏爱。姑娘此刻双眉紧蹙,羞红了脸。要知平日里,作为拥有格鲁吉亚血统的优等生,她可是备受同班同学尊重的。此外,斯维特拉娜住在父亲的母校,也就是最高党校的宿舍里。父母之所以给她取名"斯维特拉娜"也极富深意——这是在向斯大林同志的女儿致敬。

"也就是说,"阿廖娜总结道,"咱们要给科雷瓦诺娃开张少先队委托证明,让她带塔玛拉姑姑来参加会议。"

讨论间隙,索尼娅的小胖手从包里掏出了个苹果,咬

---

① 多玛的大名。
② 俄式茶壶,功能与中国的饮水器相类似,外观精致讲究。

过一小口后,她把果子递给了玛莎。玛莎尝了尝,果子并不可口。隐约的不满骤然涌上心头。尽管长长的红领巾是那样耀眼夺目,依偎在胸口,自然下垂,可她总感觉少了些什么。少了什么呢?

"要不,把我爷爷也叫来?"玛莎提议。众所周知,玛莎的爷爷是一名名副其实的海军上将。

"好主意,玛莎!"阿廖娜喜上眉梢,"索尼娅,快加一句,海军上将齐乐山先生一并受邀与会。"

"一并"二字在玛莎听来竟是那般刺耳。这当儿,门忽然开了,值日生手提抹布和刷子走了进来。姑娘们的首次例会就此告一段落。

话说科雷瓦诺娃这姑娘,尽管腼腆,却在某一点上倔强如牛,那就是:即便无法解释个中原因,她总是抗拒着,不愿让自己的姑姑参加队会。姑娘守着这股倔劲儿,直到索尼娅提议:

"小塔呀,你跟利季娅说说,让她问问姑姑的想法!"

塔季雅娜心头一紧。她不明白索尼娅·普列阿布拉任思卡娅是从何得知姐姐利季娅常去姑姑那儿串门的。尽管如此,她还是答应了索尼娅的请求。

在和妹妹的谈话中,利季娅先是百思不得其解,这群三年级的小屁孩儿们找残疾人姑姑到底有何用意。当她终于领会过来时,她忍不住大笑起来:"我的天,真要命!"

之后的那个礼拜天,利季娅便带着五岁的弟弟尼古拉一同前往马琳丛区的姑姑家。

科雷瓦诺娃家族的其他成员不是住在临时搭建的木屋中,就是住在学校宿舍里,只有多玛姑姑真正像个"人"一样生活,因为她住的房子是由砖砌成的,还装有自来水管。

利季娅的到来让姑姑很是高兴。要知道,这个侄女可不会平白无故来一趟。每次上门,她总会帮忙洗衣做饭。当然啦,利季娅的到访也不全是为了帮忙。每次离开时,多玛姑姑多少都会给她三五卢布,这就使得利季娅手头(特别是夏天的时候)从不差钱。

多玛姑姑和侄女利季娅年龄相差并不大——不超过十岁。她们之间的关系也相当融洽。

"多玛,有群少先队员想请你去参加队会,是塔季雅娜班里的。"利季娅说。

"为什么是我?她们还找了谁?"多玛一脸震惊,"怎么说她们也该亲自上门邀请。不过,她们到底想干吗?"

"她们想听你说说,你是怎么绣小枕头之类的玩意儿的。"利季娅解释道。

"呵，多狡猾的姑娘！说着说着就该我亲自演示了呗！就算她们亲自登门，我也绝不展示。"多玛坐在褥垫上，不时用膝盖蹭蹭鼻子，"也不是非得这样。如带瓶红酒来，让我说说弄弄，倒也无妨。"

"你怎么想的，多玛，她们哪有钱买红酒！"谈话间，利季娅已经为尼古拉脱去外套，在角落里有条不紊地整理起脏抹布来。

"既然如此，带个十卢布，啊不，十五卢布来也行！这样的话，小利达，咱们就发了！"多玛姑姑笑逐颜开，露出一口小巧白皙的牙齿。

她娇小可爱的脸蛋上嵌着一个尖尖的翘鼻子，稠密的头发烫成夸张的大波浪，这头发看起来像是属于另一个女人。

"这帮孩子真是傻，没见过世面！"尽管姑姑一再摇头，可一想到即将有一整拨少先队员来观摩她用脚刺绣的绝技时，她的内心就无比骄傲。多玛有这样一个缺点，就是爱显摆。她喜欢别人向她投来惊奇的目光。因此每逢夏日，她总要坐在底楼的窗台上，面朝窗外，用大脚趾和二脚趾夹着针头来回刺绣。那些从窗边经过的路人见此情形，总会惊叹不已，甚至有好心人会在白色茶碟上留下点小钱。

这时，多玛就点头回应："谢谢阿姨！"

要知道，给钱的通常都是些大妈。

"小利达，那你呢？到时候你自己来？要不和她们一块儿吧！"姑姑发出邀约。

"好，那我和她们一块儿过来。"利季娅许诺道。

姑娘们决定去拜访塔玛拉·科雷瓦诺娃姑姑了。玛莎手头本来就有十卢布，而其余的女孩儿则为此省下了两天的早饭钱。整整一个星期，她们都在密谋此次拜访。这期间，这几个少先队员走起路来都轻飘飘、神采奕奕的，就好像被吹上天的如羽毛般轻盈的气球。不知为何，姑娘们深信，那些没有加入苏联列宁少年先锋队的同学，无权知晓她们庄严而隐秘的生活。

盖伊嘉·奥加涅相差点被过度好奇憋出病来。莉莉娅·瑞莫斯卡娅则整日愁眉不展，总觉得会有不好的事情发生在自己身上。

塔季雅娜·科雷瓦诺娃则被严肃地告知，如若走漏半点风声，就拿她是问。"审问"一说倒并非出自向来严厉的阿廖娜，想出这一招的是胖姑娘索尼娅·普列阿布拉任思卡娅。玛莎·齐乐姗娃为了巩固日渐动摇的地位，赞助了活动的大部分经费，忙得不亦乐乎。

这场"远征"密定于周三的入队仪式结束后出发，却差点儿走漏风声功亏一篑。事情是这样的：周二，大队辅导员光临三年级二班，她告诉姑娘们，她们平易近人的班级辅导员——六年级一班的丽萨·奇普金娜生病了，但只要她一痊愈——说不定明儿就好了——便立马为她们安排少先队的工作，望女孩儿们切莫心急。

"所以，你们别整天无精打采的！"大队辅导员建议。

"我们没有无精打采，咱们连队委会主席都选好了呢！"斯维特拉娜·巴哈多利娅得意地说。

"哟，不错不错！"妮娜·哈赫洛娃赞叹道。她在本子上记下一笔，便离开了教室。

姑娘们相视一笑，无声地读懂了彼此的心思——没错，她们根本就不需要什么丽萨·奇普金娜！

第二天早晨，女孩儿们预先告知家人：由于少先队活动的缘故，今日放学后无法准时到家。为了防止丽萨·奇普金娜突然痊愈，想从今儿起管束她们的可能，女孩儿们一到课间便故意躲进盥洗室。

放学后，三年级二班的所有少先队员和塔季雅娜·科雷瓦诺娃一同在校园后边角落的小棚子里静候利季娅到来。这姑娘今天有五门课。

利季娅来了。大部队齐步走向车站。玛莎·齐乐姗娃天性警觉，她不时四处张望，生怕遭人尾随。

伴着小雪,这周的气温持续走低。幸运的是,电车很快就进站了,姑娘们没怎么挨冻。车上的乘客也不多,她们能在黄色的木制长椅上坐上几站路。

对于此次拜访,科雷瓦诺娃姐妹既不觉得美好,也无丝毫激动之情。斯维特拉娜·巴哈多利娅尽管来自其他城市,却拥有绝对自由,甚至还独自一人去商场买过些小玩意儿。相比之下,阿廖娜、玛莎以及索尼娅则是第一次在没有成人陪同的情况下独自买票和乘坐电车。为了让人们看清自己所佩戴的那象征独立的红领巾,姑娘们一上车便敞开了裘皮大衣的衣领。

马琳丛区地理位置偏僻,压根儿就没有丛林,遍地的不过是些发黑的杂草罢了。此外,在这个区,随处可见造型怪异的矮棚、阁楼以及板房。屋外系满了粗绳,绳索上各色内衣随风摇曳。

一时间,阿廖娜有些举棋不定。她从未见过如此不毛之地。姑娘想回家了,她想回到位于军械巷的装潢考究的家中。她家旁边就是那座有石狮把门的宫殿,石狮顶着瘦臀,鬃毛已被冻僵……

"要下车了!"利季娅说。女孩们于是聚集在后门,她们长时间按铃以示下车。电车停了。大伙儿纷纷从高起的脚踏板上一跃而下。

首先映入眼帘的是两间两层楼高的砖砌小屋，它们伫立在车站旁；由此依次排开的是清一色的木制楼房；最远处，还隐约可见几座附带水井的标准乡村木屋。这一带人烟稀少，目光所及，只有一位驼背的老太，脚穿毡靴，裹着头巾挨家挨户四处漫走。骤然间一声鸡鸣，随后是另一只雄鸡的啼鸣。

"姑姑家就在这儿！"利季娅指向砖房，言语中不乏一丝夸耀。

打开大门，姑娘们进入了昏暗的走廊。二楼仅有的一盏小灯闪着微光，走廊上几乎伸手不见五指。

"这里这里！"利季娅示意。女孩儿们纷纷在第二扇门边驻足。大楼拐角的地方，又一条走廊延伸开去。

"到啦！"利季娅说着，叩了叩门。没等姑姑答应，门就被女孩儿推开了。

房间不大，狭长而幽暗。乍一看，窗边的木床上似乎躺着一个身材健硕的姑娘，那姑娘的身上还裹着厚重的被单。姑姑坐起身，两只大脚垂到地上。她肩上的衣袖宛如一双翅膀，却空荡荡的，不见手臂。直到她下床走动时，女孩儿们才发现，姑姑其实身形瘦小。她走路的样子俨然一只小鸭子，畏畏缩缩，摇摆不定。此外，她们还发现多玛姑姑的脚掌比常人要宽，脚趾也大得惊人，它们又短又粗,并排着。

"天哪!"斯维特拉娜·巴哈多利娅不由得惊呼。

"妈呀!"索尼娅·普列阿布拉任思卡娅也叫了一声。

其他人则缄默不语。

还是靠"无臂"姑姑打破沉默,她说:"哎呀,既然来了,就快进来吧!杵在门口做啥!"

阿廖娜早先设想着要长篇大论地向姑姑说明队委会开幕之事,可这会儿,她竟一时语塞。半晌,她只是礼貌地问候了一句:"您好,多玛姑姑!"

话刚出口,前所未有的羞愧便涌上心头。

"小利达,快去倒些水!"姑姑吩咐,而后骄傲地告诉女孩儿们,"我家水龙头就在厨房里,不像别家得去街道接水。"

"我们从前也用街道里的水。"斯维特拉娜操着一口格鲁吉亚口音说。

"你从哪儿来呀?亚美尼亚?茨冈人?""无臂"姑姑问。

"她是格鲁吉亚人。"阿廖娜意味深长地回答。

"美人坯子啊!"姑姑赞许道。可接着,她似乎不愿再谈论貌美如花的格鲁吉亚姑娘,一下将话题拉回自己最为关心的"礼物"上来了。姑姑竭力表现出一副并不在乎的样子，可终究还是满心期待地问了句："那个，想必大家都带了礼物？来，放这儿吧！"语毕，她便将长下巴抵着胸口。这一举动让姑娘们注意到了垂在她胸前的小袋子。那袋子和大衣一样，是用金色的印花布缝制而成。

此情此景令阿廖娜心里阵阵酸楚。于是，女孩儿打开书包，掏出一堆皱纸币，果断地塞进了姑姑脖子上的袋子里。

"给，"阿廖娜嘀咕着，"请姑姑收下吧！"

"来都来了，大家就随意参观一下！"说着，多玛用下巴示意大家看那面挂满绣品与画作的墙。那些画里净是些猫、狗和大公鸡。

"这些画也是您画的？"玛莎大吃一惊。

塔玛拉姑姑点点头。

"用脚画的？"巴哈多利娅的这个问题听上去似乎愚蠢至极。

"看心情咯！"姑姑哈哈大笑。透过那一口小巧玲珑的牙齿，姑娘们看到了塔玛拉姑姑又长又尖的舌头。"看心情，有时用脚，有时用嘴。"

说着，她低头紧挨桌面，用下巴四处摸索了一阵，最终抬起头来。姑姑保持着微笑的表情，大家都能看见她嘴里的小毛笔。她用嘴灵活地摆弄着它，耍玩一阵后，她又坐回床上，以极为怪异的姿势转动自己的膝关节，而后抬起脚掌，毛笔便神奇地固定在脚趾间了。

"右脚可以，左脚也不赖，我无所谓。"姑姑驾轻就熟地用另一只脚接过小毛笔，吐了吐舌头，仿佛自己在女孩儿们面前完成了一套高难度的体操动作。

姑娘们互相递了眼色。

"那，斯大林同志的肖像，您也能用脚画出来吗？"阿廖娜努力将话题引向她们此行的目的。

"当然可以！不过……我还是更喜欢画些猫猫狗狗什么的。"姑姑闪烁其词。

"天哪！这只小灰猫好可爱，和我家那只一样。"斯维特拉娜·巴哈多利娅指着一张画惊叫起来。那画中的猫身上有着极不规则的横条纹。"我把玛尔金萨①留在了苏呼米②的外婆家。她不在的日子里，我怪想她的！"

"我最喜欢这张，就是有各种公鸡的这张。"塔季雅娜·科雷瓦诺娃出人意料地说。

"哎哟，我的小塔！你以前可从没说起过啊！"画家姑姑惊喜万分。

"姑姑，再说说礼物的事儿吧！"阿廖娜·普姗尼奇妮

---

① 斯维特拉娜家的猫的名字。
② 格鲁吉亚城市。

科娃仍不罢休。

"这礼物还让你着魔了不成!"塔玛拉姑姑几乎来了气。

这时,利季娅走了进来。

"多玛,煤油烧完了,家里没有煤油了。"她说。

"什么没有,根本不需要!"姑姑大笔一挥,而毛笔则被她稳稳地夹在趾间。"你过来,利达,靠近些!"

多玛姑姑向利季娅低声耳语了一番。只见小利达频频点头,接着取了姑姑脖颈上挂着的袋子,走到门口,套上大衣。

为了坐得更舒服些,姑姑调整了一下坐姿,活像个土耳其人。她用脚推动了一阵子笔尖,继而又打开话匣子:"好啦,就给你们说说关于礼物的事儿吧!"姑姑咧嘴一笑,笑声清脆。"这活儿可不是白干的。为了绣那玩意儿,我可花了好长时间,也不知两个多月还是四个月。我让邻居瓦西里萨帮忙把成品邮寄出去。我还千叮咛万嘱咐,希望能得到些回应。"说到这儿,姑姑先是莞尔一笑,而后突然变得严肃起来。"说实话,我当时也不指望能得到什么回复。不过,感谢信就这么来啦!老大一张纸,上下都有盖印,还是直接从办公室发出来的。上头写着'莫斯科—克里姆林宫……',我想,亲爱的斯大林同志是不会让人失望的……"

姑娘们又相互递了眼色。阿廖娜忐忑地望着玛莎。

"我们当时还住在那哈洛夫的简易木房里。冬天冷的时候，有面墙上全结了冰，之后又融化成水流得到处都是。我们六个人就挤在这样的破屋里。我们的母亲是典型的农村妇女，而我姐姐马卢西娅是个女酒鬼、死废物，生出个小杂种！"多玛姑姑严厉地看着女孩儿们。她们个个懵懵懂懂，一脸疑惑的样子。"总之，她们这些没脑子的东西，连自己都照顾不好，更别说来关心我这个没手臂的人了。不过你们可记住了，上帝没给人脑子才是最大的不幸。后来，我索性叼着感谢信，亲自去了趟住宅分配所。"

斯维特拉娜·巴哈多利娅握着小拳抵住下巴，被姑姑的故事吸引，张大了嘴。索尼娅在那儿干眨眼，玛莎·齐乐姗娃则心情沉重、备感压抑，连呼吸都变得有些困难。只见她艰难地吸入混浊的空气，而后更为艰难地长叹一声。

"到了分配所，我看见办公室门口已经排起了队。我谁也没使唤，用脚推门就走了进去。他们注意到了我，用双眼直愣愣瞅着我。"姑姑不乏虚荣地和女孩儿们闲谈。"我走到最大的那张办公桌前，"姑姑吹了口气儿，发出少许不雅的声响，又接着说，"我把纸往桌上一放，对他们说：'来来来，大家都注意了！伟大的斯大林同志，我们的人民之父，不仅知道我多玛的尊姓大名，还给我这个残废寄来一封感谢信，感谢我双脚的辛勤劳动。可我的住宅却小得连夜壶都没地儿搁，请问在座各位的劳动成果在哪里？为了房子的事儿，我们不知求了多少回了。好吧，我这就去找斯大林同志当面控诉……'怎么样，我的小少先队员们，都听明白了吗？也就是说，我这个房子，可是斯大林同志亲自赠予的。"

姑姑噘了噘嘴，搓搓鼻子，突然恶声恶气地对姑娘们吼道："你们什么都不明白，快穿上衣服走人吧！"紧接着，她从被褥里探出身子，脚尖点地，左右腿轮流抬起，踏着滑稽的舞步，同时口中不时哼着："小小黄瓜，小小番茄……"

女孩儿们退到门口，抓起皮大衣就拥向昏暗的走廊。身后是多玛从屋里传来的呼喊声："小塔，小塔，你跟着上哪儿去呀？"

然而，和其他姑娘一样，塔季雅娜·科雷瓦诺娃紧紧拽着自己的皮外套夺门而出。她们相互推搡跑过了曲折的走廊，从大门口一拥而出。

天色已晚，空气中弥漫着飞雪和轻烟的味道。深邃的乡村天际，闪闪星辰正静默地悬在空中。女孩儿们朝着车站方向跑去，集合在铁制站牌下。索尼娅和斯维特拉娜都没什么大碍。玛莎艰难地喘着气，她有生以来第一次出现了哮喘病的征兆，而这将伴随她之后的整个人生。阿廖娜默默垂泪，浓密的睫毛间两眼汪汪。

她感到了巨大的不幸，却又不知悲从何来。

"可恶，太可恶了！她就是一个女骗子！"阿廖娜心想，"对斯大林同志，她是一点儿都不敬爱！"

"都快回家吧！"索尼娅淡漠地说，仿佛什么事都没有发生过。

两个身着短皮袄的乡间妇女慢慢走近，她们在站台旁停下了脚步，看来这次要等上一阵了。过了好久，远处终于传来了美妙的汽笛声，拐角处，一辆电车正缓缓驶来。姑娘们刚上车，只见利季娅追了过来。她刚完成姑姑下达的使命，这会儿又飞奔着来追小塔回去。

多玛把利季娅买回的红酒装入脖子上的袋子，没穿鞋就跑上了二楼。她用光着的脚后跟狠狠敲响一扇褐色的大门，无人应答。于是多玛退了一步，用单脚巧妙地将门把手往下一摁。门开了。屋里漆黑一团，可对多玛来说，这并不重要。

"叶戈尔！"她在门槛处叫了一声，依旧没有回应。多玛往屋子深处走去。房间的角落里摆了一床被褥，那儿躺着的正是叶戈尔。多玛双膝跪地，说："小叶，你摸摸我带什么来了！快摸摸，来来来！"多玛催促道。

叶戈尔还没睡醒，他从油腻的枕头上抬起蓬乱的头，粗糙的手探出被褥，伸向多玛脖子上的小袋子。他梦游般呢喃道："你快给我就是了……哎呀，到底带什么来了？"

叶戈尔是多玛的朋友，她给他带来了礼物。多玛能喝点儿小酒，却压根儿没喜欢过酒的味道。这就好比对斯大林同志，正如泪眼汪汪的阿廖娜·普姗尼奇妮科娃所言，多玛姑姑从未真正地敬爱过他。

野孩子

事情的经过是这样的：首先出生的是加雅涅，母亲没有太受折磨。一刻钟后维克多利娅也来到了世上，却在神圣之门上留下了两处巨大缺口和无数细小裂纹。由此处进入时轻松愉悦，待出去时却艰难痛苦。

突如其来的第二个孩子令经验丰富的助产护士伊丽莎白·雅科夫莲娜措手不及，她呼叫了被派去其他病房的值班医生。正当他们尽力止血缝线时，维克多利娅挥舞着紧握的小拳头，响亮地哭了起来，而加雅涅则安静地睡着，仿佛没有意识到自己正身处摇摇欲坠的、由一处深渊通往另一处的小桥上。

尽管在产妇身旁忙碌不休，伊丽莎白·雅科夫莲娜依然悄悄发现，这是对同卵双胞胎。这可不太妙——她认为同卵双胞胎较异卵双胞胎更为体弱多病,同时,她也注意到这次情况的有趣之处:这是她接生生涯中第一次双胞胎竟没有生于同一天,第一个婴儿出生在八月二十二日,而第二个在一刻钟后出生,那时已经过了零时,是二十三日了……

女孩子们的妈妈玛格丽特,并未像普通产妇一般有失身份地大声哭号,却仿佛沉入一条急流之中。她时而被抛上漆黑坚硬的河岸,不省人事,时而被卷入滚烫汹涌的湍流中,恶心作呕。女孩子们则周复一周地在婴儿室接受照料,受他人乳汁的恩惠喂养。

女孩子们的妈妈动了一场大手术,失去了今后播撒宝贵生育之种的机会,却也防止了后续的血液感染。将近一个月后,出乎医生们的预料,她挺过了过渡期,开始慢慢好转了,外婆艾玛·阿莎托夫娜则把女孩子们接回了家。

这段时间以来,她辞去了管理局的好差事,换成了一份位于隔壁住宅的办事处的会计工作,以求白天能抽空赶回去照顾并喂养孩子们。

当拿到产房的出院证明回至家后,她第一次给这两个裹得紧紧的"小圆木"去掉襁褓,看到她们无人照料的可怜皮肤后,她忍不住开始哭泣。维克多利娅,此时的她还没有名字,也大哭起来——哭得很凶,泪珠不是小滴小滴而是大颗大颗地往下掉。全家第一次共同流泪，解决了一切问题：艾玛·阿莎托夫娜被自己曾有的念头吓坏了，她原本对新生的外孙女们暗怀反感，毕竟她的宝贝女儿差点儿因她们丧命。她去厨房热了点植物油，准备洗完澡涂抹在女孩们化脓的皮肤褶皱上。

过了几天后，细心的艾玛·阿莎托夫娜就发现，如果拿着奶瓶先喂姐姐的话，维克多利娅——她心里把维克多利娅叫作"耶洛尔特"，这是亚美尼亚语中"第二个"的意思——就会哇哇大哭。姐姐被外婆唤作"阿拉亲"，意思是"第一个"，从来不吵不闹。

她们彼此头脚相对地躺在木工舅舅瓦夏打造的婴儿床上，从外婆戴满了大颗沉甸甸宝石戒指的粗大手指间接过温热的小奶瓶，真诚而勤勉地履行着自己的生命义务：吮吸奶水，打两个嗝儿，消化消化，最后心满意足、哼哧哼哧地将乳渣状的黄色奶疙瘩喷出来。

她们长得很像：深亮细密的小头发勾勒出又低又宽的额头，脸颊上柔柔的小茸毛，逐渐变浓的细长眉毛，上嘴唇与妈妈、外婆一样都是弯弯的弓形，正是这些微乎其微却显而易见之处，体现了家族的延续与血脉的传承。虽然两个女孩子都很好看，不过艾玛·阿莎托夫娜认为姐姐更清瘦可爱些。

艾玛·阿莎托夫娜遵循着家喻户晓的民间迷信，还补充了几条某种程度上属自行规定的信条，除了多年来在家务上帮忙的老邻居菲妮娅外，谁都不被允许看女孩子们。即便当菲妮娅站在指定的距离，仔细打量两个安睡着的大自然的馈赠时，艾玛·阿莎托夫娜也会别出心裁地互握双手，向四个方向不时轻轻吐出口水，来化解他人的"毒眼注视"[①]。众所周知，婴孩周岁前、少女待嫁时都是特别敏感的时期。

艾玛·阿莎托夫娜是个特别的人，她有一套自己的生活体系，严格遵守各项道德准则，有几项未竟的高等教育，有一系列刚刚提过的迷信，还会把自己的古怪愿望和任性要求奉为圭臬，不过这对于旁人来说倒是完全无害的。最后一条中就有：她完全不吃亚美尼亚菜系里最为常见的羊肉；对温柏树叶的治病良效深信不疑；看见黄色花丛会惴惴不安；如同别人拨转念珠一般，有默念一串数字的秘密习惯。她正是以这样独特的手段，来应对自己日常生活中的事务。

然而她现在面临着一项艰巨的任务，哪怕她最爱的数字在她头发稠密的大脑袋中顺从得叮当作响，她也无计

[①] 俄罗斯人旧时的迷信用语，指用毒眼看坏。毒眼看人会给对象带来不幸。

可施。

这是期待已久的孩子们。她的女儿玛格丽特，在非常年轻、不到十八岁的时候，就为了爱情结了婚，倒不是说教授父亲和艾玛·阿莎托夫娜本人作为亚美尼亚古老家族的代表反对他们，而是这有些出乎他们意料。玛格丽特的意中人是农民家庭出身，已经成年。那片养育塑造他的亚美尼亚土地早已凝结硬化，童年时期的他就丧失了可塑性。玛格丽特的出现是他生命中最后一件大事，使他安常守故的性格彻底定型。

他对新想法总是唯恐避之不及，对陌生人怀疑戒备，对所有复杂事物都心怀敌意，而他在工程方面的非凡天赋，可能正源于他想以最为简单的方式解决所有复杂问题的天性。

他是这样选中玛格丽特做自己妻子的：当时玛格丽特与妈妈在山区小村落的亲戚家做客，而他正履行自己的家庭义务在拜访年迈的舅舅。他在舅舅家的院子里，透过枝繁叶茂的无花果树，整整三天目不转睛地注视着十二岁的玛格丽特。五年之后，他与她结婚了。玛格丽特成了他生命中的女神，她清秀又温柔，从头到脚如水蜜桃般长着细细的茸毛。

婚前他的功名心很重，在事业上顺风顺水，有好几项发明专利。不过婚姻的幸福起初那样耀眼，相比之下，一切世上的蓝图都黯然失色了。

就这样过了几年，幸福也渐渐烟消云散：他非常想要孩子，可即使尽心竭力，他依然膝下无子。徒劳的等待令人疲惫，他本就压抑的性格也变得更加阴沉，而玛格丽特分担着丈夫无嗣的忧伤，也产生了一定的负罪感。他们结婚已经十年了，她还是那样的青春秀丽，像迪士尼童话中的小鹿，而他却日渐衰老，萎靡不振，就连年轻时在工程技术上的卓越才能也荡然无存。

战前不久，谢尔戈被派至远东新的地点服役。本来过不了多久，玛格丽特也将随他前往。开战时，她已经把上了浆、硬似纸板的床单被套装好箱，用皱巴巴的报纸将陶瓷杯碟层层裹好。玛格丽特的父亲亚历山大·阿拉莫维奇是位东方学大家，知晓数十种死语言和半绝迹语言，早在许久之前便精准到日期地预言了这场战争的爆发——当然，是在家庭内部圈子里。在六月那个周日的晚上，他不幸摔倒，瘫痪了。于是，玛格丽特哪里也没能去成：一年多来，教授先生无法言语，几乎失去了行动能力，意识却完全清醒，母女二人陪伴在他身边，用爱与他作最后的告别。他长时间地躺在自己狭小的书房内，通过没收充公时藏起来的一台收音机，倾听着电波声的低响，其中夹杂的德语和英语对他来说依然清晰可辨。十一月底，他去世了，终年四十二岁。

葬礼后一周，玛格丽特刚准备同艾玛·阿莎托夫娜谈谈关于搬去找谢尔戈的事情时，谢尔戈没有任何事先通知就回来了。这一年来，他令人惊奇地变年轻了，变瘦了些，整个人都精力充沛、面目一新。

情况是这样的，他一直争取调入作战部队——已故的亚历山大·阿拉莫维奇守旧地称之为"前往战区"，如今谢尔戈终于要上前线了。

家里已是物是人非，令人伤感，还残留着疾病与死亡的痕迹。他有幸得到了一个告别之夜，第二天一早玛格丽特就送他去梅吉西搭军运列车。回到家之后，她便面朝下趴在床上，紧紧抱住还散发着浓烈男士香水气味的枕头，静静地躺了四天半，直至香味最终散去。

母女二人是同样类型的东方女性，热烈忘我地深爱着自己的丈夫。她们紧紧地联合在了一起，生活中只残存着对亚历山大·阿拉莫维奇远赴死寂荒原的悲伤以及对谢尔戈进入毗邻却酷烈战场的担忧。

接下来的五个月中，玛格丽特一共只收到了三封丈夫寄来的书信，并且每封信都盖着不同的邮政编码。

这时她发现，本以为是劳累贫血引发的一些生理问题，其实是因为丈夫归来之时恰好吉星高照,促成了女儿降世。玛格丽特深信自己会生女儿,不过未曾想到会生一对双胞胎。

面对这天降之喜,艾玛·阿莎托夫娜捂住了女儿的嘴:别多说!

玛格丽特便沉默了。她也只在一封信里轻描淡写地暗示了丈夫这些变化,不过谢尔戈并没有解读出弦外之音。艾玛·阿莎托夫娜妥善安顿好了一切,然而心思单纯的她却没有想到,这迷信的沉默将会造成怎样严重的悲剧。

孩子们出生几周后,确定玛格丽特已脱离危险,艾玛·阿莎托夫娜才写信告知女婿孩子们出生的事,却收到了一份内容古怪的回电:

"喜得千金,敬贺敬贺。谢尔戈。"

身体刚恢复,玛格丽特就给丈夫写了一封幸福洋溢的长信,可回信却迟迟才至。

出院后,玛格丽特开始担当起母亲的角色,不过她并不是很有天赋。这两个小小的女孩子让艾玛·阿莎托夫娜煞费苦心,也差点使自己命归黄泉,如今她只感到心有余悸。她害怕抱孩子的时候会伤到她们,把她们弄疼。不过真正的恐惧只在梦中显露出来,她几乎每夜噩梦连连。这些梦境形形色色,开始是从高处坠落之类的,不过最后一定会出现两只充满敌意的生物。它们总是个头不大、模样一致，有时化作两条疯狗，有时变成两个怪诞的持枪法西斯士兵，有时形似两簇四处蔓生的藤蔓。

她努力排解着心中模糊而强烈的不安，一边学习如何去爱自己的孩子，一边紧绷神经等待着丈夫的回信。

然而谢尔戈收到意料之外的电报后却如坠地狱。真实的战火留下满目疮痍，他常在修复的坦克中捕捉到血肉在金属表面炙烤后留下的焦煳气息，他的妒火也这般汹涌肆虐、钻心刺骨。

年轻时他就害怕女人，觉得她们低贱放荡。过世的母亲，以及妻子算是例外。他曾将玛格丽特当作崇高又完美的存在，而如今这种信仰一下子崩塌了。

所有人，所有人，他们所有人……都平庸无奇、令人反胃，就像呕吐物一样，就像他会带着一种施虐的快感和无法纠正的口音念"臭——婊——子"这个词。他不屑于做计算女性排卵期这种琐事，觉得妻子无疑是对自己不忠。

天知道谢尔戈的脑海深处如何浮现出了玛格丽特同班同学、犹太少年米沙的形象。米沙从一年级起就深爱着玛格丽特，到十年级时，玛格丽特成为谢尔戈的未婚妻之后，他更是踏破了玛格丽特家的门槛。谢尔戈当时对这个娘里娘气、细胳膊细腿的小提琴手一点儿都不在意，不过当他举目皆是米沙带给玛格丽特的小束素朴植物时,他也会默默感到有点生气。谢尔戈自己则选择送大捧玫瑰给未婚妻,觉得这样才配得上她的美丽。

但这个臭小子现在正拥玛格丽特入怀,这画面在他头脑中纠缠不休、挥之不去。他倒不至于在梦中也看见这样的情景,可是对自己的想象坚信不疑,记忆更是添油加醋,补上了许多小细节:褐色绒布的男式上衣,胸口上有很大的搭扣和拉链;清秀白皙的少年面庞,鼻梁上却满是粉刺脓痘。其实他一共也只见过那个少年一两次。

谢尔戈眼前时不时就会浮现出这些景象,心中的嫉妒之火熊熊燃烧,甚至连身边的枪林弹雨也不值一提,一切如同草茎一般在这团心火中化为灰烬。

他深思熟虑了三天,往家里发了一封电报。写这封信花去他两周时间:他从学生练习本中撕下一页,用大大的字写满了四分之三的页面。

这封玛格丽特期盼已久的信中写道:他很高兴玛格丽特生了孩子,不过他可不想戴绿帽子。如果她外面有人了,那就离婚去跟别人结婚吧。如果这个卑鄙小人不愿意娶自己孩子们的母亲,那就像现在这样过吧。战争还很漫长,他随时可能阵亡。那时候她的孩子们可以光荣地随着他姓奥加涅相娜,领取他的抚恤金。这总比没有父亲的野孩子要强些。

收到信后,玛格丽特又一次埋头在枕头里哭泣一番,回复了丈夫一段长长的独白,她一开始语无伦次、用词激烈,后面渐渐变成了千篇一律的翻来覆去:我们如此深爱着彼此,你又那么想要个孩子,我刚为你生了两个女儿,你居然说这不是你的骨肉,我对你可是问心无愧的,你怎么能不相信我呢,要知道我们是这样深爱着彼此啊,你想要孩子,我都为你生了两个女儿了……

艾玛·阿莎托夫娜闻讯大吃一惊,产生了强烈的负罪感,忍不住在头脑中以反透视法[①]想象出两列柱廊,其数量分别是13和19的倍数,随着距离的增加,它们逐渐呈现出紫色和蓝色。她从中感受到一丝绝妙非凡的释然,这仿佛能够让时间倒流,回溯至莫名的错误发生之前,最终巧妙平静地解决问题,让生活重归幸福快乐。

玛格丽特却因此一病不起。艾玛·阿莎托夫娜每天的日程,也变成从扶女儿解手洗漱喝茶直到又躺回床上开始。

随着时间流逝,她也渐渐改变了自己的照料方式,不再耐心搀扶,而是敷衍地让女儿坐进圈椅,用毯子帮她盖

---

① 反透视法,一种绘画艺术表现手法。传统透视法主要借助近大远小的规律来表现物体的立体感,而反透视法常见于拜占庭艺术中,观看效果近小远大。

好脚。她三言两语、不情不愿地应付玛格丽特所提的问题。从玛格丽特微微张合的嘴唇中断断续续吐出一些轻不可闻的话语,艾玛·阿莎托夫娜终于辨识出了女儿声声呼唤的是什么,她试图唤醒女儿。她把女孩子们抱过去,放在了女儿身边。玛格丽特朝她们垂下自己半透明的手指,愉快却双目无神地微笑着,双唇微微颤动,向铁石心肠的丈夫发出无声的呼唤。

两个女孩子一直以来都彼此头脚相对地睡在同一张床上,紧紧裹着被子,就像烤箱里的小馅饼一样热乎乎的,因为艾玛·阿莎托夫娜最怕她们着凉。她们的妈妈只有微弱的动静,爸爸因她们的存在饱受折磨,只有外婆将她们看作上天的馈赠,悉心照料、心怀感恩,为自己一开始对她们暗藏敌意感到羞愧。还有菲妮娅这个老邻居和好帮手,俯身逗弄她们时笑得合不拢嘴,一口掉完牙后光秃秃的牙床,和两个小女孩一模一样。菲妮娅温柔地轻声唤道:"哎哟,哎哟喂,小宝贝呀……"

之后又搬来了一张婴儿床,她们也慢慢地长大了,彼此相望时就像在注视着镜中的自己一样,总是很快就没头没脑地模仿、学会了对方的习惯。艾玛·阿莎托夫娜满怀柔情又饶有兴致地观察着她们身上的相似与不同之处:小的那个好像是个左撇子,皮肤更黑一些,头发细密深黑,手掌也大一点；左臀上有一处胎记，像一顶倒置的三尖顶王冠。加雅涅也有个胎记，不过是在右臀上，形状有些模糊不清。她们两个总是在同一天开始长牙，心满意足地吃着同样的菜肴，同仇敌忾地拒绝任何混进食物里的胡萝卜。

渐渐地，她们学会了在椅子上坐着，接着能够自己站起来了，接连迈出了人生的第一步，开始第一次小打小闹。

她们父母之间的信件往来以谢尔戈的最后一封回信告终，之后便只有谢尔戈与岳母之间的通信了。艾玛·阿莎托夫娜曾事无巨细地掌控着女儿的生活，却以惨烈的失败告终，现在她装出了一副无事发生的样子，详细地向女婿说明孩子们的状况后，在结尾例行公事地告知他一句："玛格丽特还是老样子。"

谢尔戈也只是简短又正式地回个信，从来不提玛格丽特，表面上看起来恭恭敬敬，其实跟以前一样把丈母娘当作老巫婆。

他熬过了地狱般的嫉恨之火后，下定决心与不贞的妻子撇清界限，可这么做也令他变得如行尸走肉一般。或许正是这模样骗过了死神，才得以在他的眼皮底下逃过一劫吧。他参加了从库尔斯克会战到柏林会战的所有大型坦克战役，却每次都恰好在大轰炸后姗姗来迟，从来没有遭受过敌军的包围。甚至在有一次撤退中，他殿后修理损坏的坦克，沦陷的城中德军遍布，他竟在荒芜的小花园安然度过了一夜。

他多次申请直接参加会战以求死，却从未如愿。枪林弹雨总与他擦肩而过。

用他的朋友菲利波夫的话说就是，"这真是念过咒的"。

战争结束，终于宣告胜利。在同一天，艾玛·阿莎托夫娜回想起了无数的痛苦与不幸：丈夫摔倒瘫痪，之后便一病不起，与世长辞；谢尔戈最后回过一趟家，可孩子们出生后他就满口荒唐言，让人害怕。

艾玛·阿莎托夫娜告诉玛格丽特：战争结束了。她微微地点了点头：

"好的，好的。"

"现在谢尔戈就要回家了。"艾玛·阿莎托夫娜迟疑地说道。

"好的，好的。"玛格丽特的反应毫无波澜，如同往常一样深深沉浸在自己的世界里，向根本不在场的丈夫说个不停。

……那是七月上旬的一个清早。他晚上就到了莫斯科，在家门口徘徊了好几个小时，尽管他曾在这里度过了生命中最幸福的时刻。他无法决定应是跨进家门，还是马上远远离开,去投奔在埃里温①的兄弟姐妹们,看望新出生的侄子。他从来不信玛格丽特是真的病了,生怕按了门铃后来开门的会是小提琴手米沙,到那时候他一定会打死这个臭小子,把这条死狗揍得满地找牙,再亲手把他给掐死。

谢尔戈一口白牙恨得咯咯作响,他转身离开这栋该死的房子,穿过尼基茨基门,在斯皮里多诺夫卡街转个弯,绕了一圈之后,却又一次回到了梅尔兹利亚克夫巷自己可爱的家门口。

在七号的早上,他终于下定决心准备离开,向二楼曾经的窗户投去最后一瞥,却看见拉开的窗帘依旧是熟悉的样式,同时认出了岳母戴满黯淡宝石戒指的手。

他走进正门,差点因为墙的气味而失了神,这简直熟悉得如同自身的气味。爬到二楼之后,他按了四次门铃,艾玛·阿莎托夫娜就像是特意站在门旁似的,一下子就为他开了门。她穿着得体、梳妆整齐,手里拿着一口铜质小锅。他机械地亲吻了岳母的脸颊,走进了房间。房间还是像以前一样分成三部分:隔断的前厅,无窗的餐厅,两扇移动拉门隔开的带窗小房间。左边的小房间曾是岳父的办公室,他和玛格丽特则住在右边的小房间。他轻轻挪动拉

---

① 埃里温为亚美尼亚的首都。

门，门沿着窄窄的钢轨移开了——这还是已经过世的亚历山大·阿拉莫维奇的发明——玛格丽特不在这里。

一个黑眼睛的小女孩坐在婴儿床上啃被角，另一个站在床上，沿着护栏来回拖曳长毛绒兔玩具。维克多利娅吐出嚼不动的被子，饶有兴致地盯着这个男人。加雅涅则绝望地大声尖叫起来，把兔子扔到一边。维卡顿了一下，用胖胖的小手捶向他的胸口。

"叔叔是大坏蛋！"她大声喊道，"你走开！"

谢尔戈背对着她们挤进餐厅，艾玛·阿莎托夫娜恳求般地摆手解释：

"谢廖沙，她们会慢慢习惯的，会习惯的……你吓着她们了……她们从来没见过男人来……"

谢尔戈已经移开了第二扇拉门，看见了最出乎意料的情景……玛格丽特面色发白，比少女时更像一只小羚羊，头发已经半灰，漠不关心地看了他一眼后又闭上了眼睛。她同想象中的丈夫说个不停，一点儿也不愿分神。

"玛格，"他呼唤道，"是我呀。"

她睁开了眼睛，清楚地轻声道："好的。"

随后，她便把身子转了过去。

"她病了。真的病了。"他终于相信了。他垂下目光，眼眶发红，沉默地坐在桌边，用宽大的手掌捂住了额头。

这双手甚至几年后依然会散发出金属表面焦煳的战争气息。

艾玛·阿莎托夫娜在大声哭号的外孙女、无动于衷的女儿和默不作声的女婿间跑来跑去忙个不停。她将大宝石戒指擦拭光亮，却依旧无法遮掩双手上操劳的痕迹，陈旧的孔雀色丝绸裙簌簌作响。她用亚美尼亚人特有的优美低沉的嗓音隆重却又平静地说道：

"你回来了，谢尔戈。你终于回来了。那么多人都战死了，还好你回来了。三年来，她日日夜夜都把你的名字挂在嘴边，正是以这样的信念在上帝面前为你守护着生命的烛火。这两个孩子都是你亲生的，她们也是为你燃起的小小的蜡烛……"

谢尔戈没有把手从额头上移开。妻子对他不忠，淫荡下贱，尽管她确实病了，但孩子也是别人的种。可即使他一直以来强迫自己变得铁石心肠，心头压沉的乌云也不禁流动了起来。

艾玛·阿莎托夫娜嗅到了这一丝丝的颤动，她明白：他们所有人的命运都将在这一刻决定，全部都取决于自己现在能不能把所有事实明明白白、心怀善意地描述清楚。她这些年来对谢尔戈积攒的满腔怒火，似乎都紧紧攥在左拳中……

这千钧一发之际让她芒刺在背。她生命中第一次尖锐地感受到，自己是如此呆头呆脑、缺乏生活经验又笨嘴拙舌，只得祈求神的帮助。

"上帝啊，求求您了！上帝啊，帮帮我吧！"她内心绝望地呼喊着，却继续强作平静、面带喜悦地说道：

"你的家人一直在等你啊，谢尔戈……你看，这是你的杯子……玛格丽特连碰都不让别人碰……你的书和本子原来怎么摆着现在还是怎么摆着……我们一直在等，一直在等着你……只可惜亚历山大·阿拉莫维奇已经离开我们了……你的孩子们也在等你啊，谢尔戈。我知道的，她现在肯定就能好起来了。"

孩子们在门外哭了起来，另一扇门后则躺着他病重的妻子。岳母说的话他几乎一个字也没听进去。心头苦涩沉重的乌云飘动、碎裂成小块，一点点消散了。一阵响亮的疼痛由他心中蔓延至全身，就好像他身上凝结的黑色铁鳞纷纷脱落下来——这份疼痛其实是从多年痛苦中解放出来的甜美欢愉。这两个别人的孩子在哭闹着。她们的哭声在他的心中打开了截然不同的、全新的世界，这只与她们息息相关。他接受了这两个野种，鬼才知道她们是老婆和什么人厮混生下的，甚至可能都不是和那个小提琴手生的。

他把手移开额头，站了起来，因为身材高大，就像座纪念碑一样。他以高加索人的庄重动作将手挪开，问道：

"妈妈，孩子们怎么哭了？您快去照看她们呀！"

傍晚时，艾玛·阿莎托夫娜的左手的中间三根指头突然一阵剧痛。整夜里，她的手就像烧起来一样，快天亮时手指全都肿了，她还发起了高烧，被病痛折磨了好几天。顺便说一句，这还是战争爆发后她第一次生病。她在生病期间只能勉强照顾玛格丽特，谢尔戈则负责照料女孩子们。女孩子们很快就接受了他，还很黏他，甚至为了争夺他的关注而争风吃醋。他喂她们吃饭，给她们换衣服，抱她们坐便盆。每次触碰到这两张黑黑的奇妙的小脸、微微湿润的鬈发和玩具般的小手，他的心就快乐地吟唱。

艾玛·阿莎托夫娜被诊断出得了多发性甲沟炎。她自己知道，这些脓疱释放了自己对傻瓜女婿长期积攒的怨艾。成熟的脓疱被割开后，伤口很快就愈合了，不过她为了加深谢尔戈和女孩子们之间的感情，接下来几周都没把纱布从手上取下来。

当每天晚上他把她们从大铁皮澡盆中抱出来，用毛巾擦干小小的身躯时，他都心满意足、怡然自乐。他并没有注意到孩子们小屁股上的茶色胎记，还是妻子玛格丽特让他恍然发觉，胎记正中的形状好似一顶倒置的王冠。她面色发白，一直坐在圈椅里，就那样同深爱着的丈夫说个不停。

弃婴

现代科学表明，人类的感性生活始自娘胎。这个观点在古老的文献中也得到了间接印证，比如《圣经·创世记》中就曾记载：利百加的双生子尚在娘胎就开始彼此相争。

从来就没人清楚，究竟在哪一刻——是尚未出世还是出生之后，维克多利娅第一次感受到了对姐姐加雅涅的强烈不满。

细小琐碎的争执，在旁人看来无伤大雅，然而，心思敏锐的外婆艾玛·阿沙托夫娜却早已察觉了这对双生姐妹性格迥异。

父亲对姐妹俩束手无策。这个大男人曾被孩童的哭啼声折磨得颇为狼狈。每次受欺负而号啕大哭的总是加雅涅。当她哭闹时，父亲会将女孩儿抱紧，如坐海盗船般不断来回摇晃。为了尽快平复小妮子的情绪，他还需不时模仿小牛哞哞叫、小羊咩咩叫或公鸡喔喔啼鸣。

聪慧的维克多利娅早已看透，由父亲的模仿和姐姐的哭泣所组成的"温情二重奏"，严重削弱了自己欺负加雅涅所带来的快乐与满足。于是，每当父亲在场，小妮子便不再去招惹姐姐。

平心而论，对于维克多利娅来说，最残酷的惩罚却莫过于和姐姐"分隔两地"了。每当加雅涅被带去母亲房里，当她们身后的房门被重重合上时，维克多利娅就会忧郁地坐在移门轨道旁。为了节省居住空间，家里的铁质移门轨道极为狭窄。就这样，维克多利娅宛若等候列车的乘客，一连几个小时坐在那儿，直到自我宽恕。

姐妹俩的事儿，母亲从不干预。事实上，她在一切事务上都置身事外。在这个家里，母亲扮演着至高无上的上帝的角色。她总是躲入狭小的房间，顶着外婆精心梳理的、用银饰点缀的花式盘发，日复一日地窝在高圈椅上。每天，女孩儿们总会来她这儿报到两次——"早上好，妈妈""晚安，妈妈"，然后就是她涂着口红的嘴投来的微微一笑。

母亲总穿着厚筒袜，袜子上的花纹和脚边的地毯如出一辙。有时候，外婆会容许姐妹俩在母亲的纤纤细腿旁闹腾开。可一旦小妮子们起了争执或开始哭闹，母亲便立即怯弱得捂住双耳，眉头紧锁。

三岁以前，维克多利娅对于姐姐的肆意掠夺，仅限于丰厚的物质领域。她会抢姐姐的玩具、糖果、袜子和手帕。每到这时，加雅涅总会殊死抵抗，并如狂风暴雨般号啕大哭。四岁那年，发生了一件事儿，乍看起来平淡无奇，却预示着维克多利娅更进一步的野心。事情是这样的，女孩们突染伤寒，老医生尤里·索拉莫诺维奇受托前来问诊。老医生的到来仿佛一颗定心丸，而他治愈般的嗓音更是让女孩儿们的寒热逐渐消退。这类医生，现如今实属罕见，甚至如海牛般早已濒临灭绝。他们的医术，有如远古巫术般神奇。这一点，常使得他们自己都略感莫名其妙。

请尤里·索拉莫诺维奇前来诊断的习惯，始自玛格丽特①的童年时期。说来也怪，当年的尤里·索拉莫诺维奇便已经是个老医生了。或许，光是在这一点上就隐藏着某些魔法吧！

当着病人的面，艾玛·阿莎托夫娜为老医生奉上了一杯茶。同三十年前一样，她将一个自带巨型杯托的玻璃茶杯摆放在托盘上，外加两只小茶壶和一小篮桃酥饼。老医生和艾玛·阿莎托夫娜轻声聊了几句，手里摆弄刀叉发出

---

① 参见第二个故事，玛格丽特即女孩们的母亲。

叮叮当当的响声。老医生还不忘称赞一下饼干的可口。如此种种似乎表明，他压根儿就没在意生病的女孩儿们。后来，艾玛·阿莎托夫娜又端上一小盆温水，递上一条长得出奇的毛巾。老医生久久擦拭双手，像在做外科手术前的准备工作，完了又张开手指，一根一根，细细拂拭。这样一来，小妮子们的目光早已滞留在了他身上，根本移不开。

尤里·索拉莫诺维奇张开双臂，以极为华丽的动作套上修身白袍，发出窸窣声响。接着，他将金属听诊器挂到平坦宽阔的胸前。听诊器的最前端，是两根橡胶管。老医生的金丝边镜框不时在棕色眉毛下反光。红光隐现的秃顶——那片"重灾区"——头发早已荡然无存。就这样，不明就里的女孩儿们宛若坐在池座第一排赏剧的观众，目不转睛地看着他。

"好啦，我的大小姐们，你们叫什么名字呀？"老医生俯下身，和蔼地问。

每次，他都会提这个问题。好在小妮子们年纪尚小，故而老医生千篇一律的问题依旧给她们带来十足的新鲜感。

"我叫加雅涅。"姐姐羞涩地回答。老医生用粗糙的手掌晃了晃加雅涅的小手。

"加雅涅。非常棒的名字，加雅涅。"他赞许道。"那你呢，小公主？"老医生说着，转向维克多利娅。

小妮子思索了一阵儿。她的所思所想,估计连弗洛伊德都捉摸不透。只听得她狡黠地答道:

"加雅涅。"

"正牌儿"听后,大受委屈。女孩儿开始哽咽、抽泣:

"我……我才是加雅涅。"

老医生挠了挠光亮的下巴,若有所思。他知道,取悦小家伙们是多么令人头疼的事儿呀!于是,面对这个"烫手山芋",他决定依靠智慧,巧妙化解。

维克多利娅俨然是个胜者。要知道,这一次她夺走的可不再是一件毛绒老鼠玩具,或是一只怯弱的小白兔了。这一回,她成功窃取了姐姐加雅涅的名字。对于小妮子来说,此可谓空前之胜利。

"这,这,这……"和着时钟嘀嗒嘀嗒的节奏,老医生慢条斯理地说,"加雅涅……嗯,很棒的名字。"说着,他看了看其中一个女孩儿,又瞅了瞅另外一个。末了,他忧郁却不乏严肃地面向那位"盗名者"。

"哎,那我们的维克多利娅去哪儿了?没有这位大小姐吗?"老医生问。

维克多利娅倒吸一口凉气。她既想当自己,同时又想成为加雅涅,可这明显行不通。这样做的后果多半会既没能盗取他人姓名,又反倒赔上自己的身份。

"我是维克多利娅。"女孩儿最终松了口。加雅涅悬着的心,这才放下。

当女孩儿们的心思尚停留在这个终告失败的"盗名"计划上时,老医生这厢已经开始为姐妹俩听诊了。坚实的手指不断挪动听筒的位置。随后,他又着手检查起女孩儿们的淋巴腺,整个过程面露喜色,双唇紧闭。

艾玛·阿莎托夫娜默默观赏着这一连串颇有戏剧性的动作。她惊喜于老医生脸上少见的微笑,更将这笑容归因于外孙女们无形的魅力。然而,老婆子弄错了。尤里医生实则在笑自己那些同为高度近视的祖先。很久很久以前,面对同样模棱两可的神话问题,他们正是用这个法子"蒙骗"子孙的。

时至今日,"盗名"的戏码依旧在特维尔林荫道①上连番上演。保姆菲妮娅常带着姐妹俩去那儿散步。菲妮娅有个致命弱点,那就是爱扎进人堆中"广交好友"。尽管大部分出来闲逛的大妈、保姆或是孩子她都认识,菲妮娅却仍旧致力于不断挖掘上流社会的人脉,几乎天天如此。这种癖好,或许源自她的母亲。该女士曾在某富商家中当奶妈,直至主人去世前,她都一直住在那儿。也正是在这位富商

---

① 位于莫斯科,距普希金广场不远。

的屋檐底下，她把自己的女儿菲妮娅养育成人。又或者，这是舞蹈大师尤盖里①的阴魂在作怪。这位上流社会的"月老"曾居住于此，就在落满鸽屎的黑色普希金像的左手边。据说他的魂魄至今仍驻足于特维尔林荫道的椴树下，向过往的保姆和她们的被看护者施以祝福。无论是哪种可能，总之，菲妮娅老爱在艾玛·阿莎托夫娜面前骄傲地汇报"战果"：

"今天我和新认识的娃子们一起散步。海军上将家的。"

又或者：

"今天碰到俩姑娘，和我们这两个相差一岁。从维尔特利诺来，演员家的孩子。"偶尔，菲妮娅会将家世、姓名、性格特征混为一谈。

可有一点，她却从未放在心上，那就是每一位前来同姐妹俩结识的人，都会碰到这样一个小插曲：维克多利娅总是借用姐姐的名字来介绍自己。而真正的加雅涅，则干生闷气，小脸憋得通红，却怎么都不肯说话。于是，大半的孩子管姐妹俩都叫作"加雅涅"。

这种类似"心理战"的把戏，菲妮娅从未上心。除了

---

① 莫斯科著名舞蹈大师活跃在普希金那个时代。据记载，诗人幼年时曾去他的舞厅学习跳舞。30岁那年，诗人又正是在他的舞厅中遇见了妻子娜塔莉亚。故而后文会说尤盖里好比上流社会的"月老"。

广交上流社会的好友外,她还担负着其他重要使命。例如,禁止"盛装打扮"的大小姐们混迹于脏乱的儿童沙箱;严防水坑;确保小姐们不会跌倒、摔伤;严禁她们跑得满头大汗。就这样,在菲妮娅面面俱到的关怀下,小妮子们的日常娱乐活动单调至极。

在这个由特权阶层的孩童所组成的小圈子里,维克多利娅以善讲故事著称。小妮子常在转述过程中添油加醋,甚至自创历史。相较之下,加雅涅则充当着过于安静的观察者的角色。她擅长记忆他人所佩戴的领结、胸针,一些无关紧要的琐事以及某些无意间脱口而出的闲言碎语。十岁以前,加雅涅最热衷的当属制作"小秘密"①的游戏了。所谓"小秘密"的制作,就是在玻璃碎片下摆上树叶、花朵、糖纸或是金属薄片。当夏天来临,全家在乡间别墅度假时,即便女孩儿们拥有比往日更多的自由,加雅涅也唯独钟情于这项孤独而沉默的消遣。与此同时,妹妹维克多利娅则肆意骑单车、荡秋千,或是和邻屋那群菲妮娅口中的好孩子们结伴踢球。

---

① 苏联时期风靡一时的儿童游戏。在土里放上花瓣、树叶、糖果纸、金属薄片等之类的小物件,用碎玻璃盖上,而后再撒土埋好。此游戏可以独自消遣,也可以成群玩耍。当有多名参与者时,在制作完自己的"小秘密"后,大家可以分头寻找各自制作的"小秘密"。

也正是在这里，在位于克拉托沃①的乡间别墅，加雅涅于入学前的最后一个夏天遭遇了人生的首次严峻考验。别墅区周边来了一拨茨冈人。起初，只见四个大人带着十个好动的毛孩子，出现在两街宽阔的交会处。此地常有煤油桶碾轧而过，也常有当地老妇大捆大捆地贩卖白萝卜或像仙人球般带刺儿的黄瓜。接着，驶来了一辆四轮卡车。车上满载货真价实的茨冈马匹和一个典型的茨冈跛子。跛子宽大皮夹克上的勋章条差点儿没拖到腰间。

茨冈人那好似挂毯的帐篷和丝质衬衣在此无迹可寻。在这伙不知"芳龄"几何、饱经风霜而肤色黝黑的女人中，传说中曼妙的茨冈女郎更是没影。这也罢了，但其中一个女子甚至看着像个老丑妇。此外，这拨人马索性露宿街头，他们睡在车里或车底，没有人看得真切。菲妮娅白天买完牛奶后，将这一切都告诉了艾玛·阿莎托夫娜，后者便禁止女孩儿们孤身一人往门外跑了。

"这些人专偷小孩儿！"维克多利娅轻声对姐姐说。正当加雅涅默默思虑着生活中全新的危机时，维克多利娅已释放了自己的想象，大家只听闻她说："我们这一带已经有两个小孩儿被偷走了。"

---

① 位于莫斯科。

与此同时，茨冈人则操起自己的老行当。他们当街拦停路人，强行告诉他们某些有趣的往事或者预言未来，以此换取些破钱。

茨冈人的生意不好不坏。接近正午的时候，他们会突然造访别墅区。女孩儿们很早就坐在靠近加拉斯科夫家的路段旁。那儿正对路口，透过稀疏的围栏，她们常常能看见一个茨冈小孩儿在把玩鞭子，而跛腿男人则用陌生的语言斥责他。加雅涅害怕靠近围栏。相较姐姐，维克多利娅就勇敢多了。她高高地坐在栅栏门上，无畏地观赏着他人无拘无束的生活。

中午时分，艾玛·阿莎托夫娜领女孩儿们回家吃饭。年轻些的茨冈人，此时早已不见踪影。露营地里只剩下马匹、一个睡在车下的茨冈人，还有那老丑妇。马匹肆意踏入街道旁的草坪。老妇人则穿得花枝招展，四处晃荡。蓦地，她拦住了艾玛·阿莎托夫娜的去路，哭叫起来：

"哎哟，我的天，瞧我都看见了啥！哎哟喂，看哪看哪，要倒霉了！快把手给我，我再瞧瞧！"

艾玛·阿莎托夫娜甩手，厌恶地推开茨冈女人，伴以犀利的目光扫过对方。艾玛高贵的手上戴着的那枚老珊瑚制成的宝石戒指和茨冈女人肮脏手指上的戒指如出一辙。刚才那阵推搡仿佛一股飓风，差点儿没让那女人跌个跟头。

艾玛身后,传来她不依不饶的叫喊:

"走吧,走你的独木桥去!祝你喝的水都是咸的,吃的饭全是苦的……"

维克多利娅胆大,她将红红的舌头伸得老长,朝茨冈女人直做鬼脸。因此,小妮子立马吃了外婆的一记"毛栗子"。加雅涅则死死拽着外婆新裙子的丝质下摆,裙摆上的白色大波点乍摸起来竟比蔚蓝天空下的田野还要扎手。

女孩儿们在凉台用过午餐。由于天热,外婆没让小妮子们回屋,反倒允许她们在凉亭睡个午觉。菲妮娅为女孩儿们展开折叠床。待她离去后,维克多利娅向姐姐加雅涅透露了一个小秘密:原来,那茨冈女人是个会"七十二变"的老巫婆。除此之外,她还能随心所欲地把孩子们变成任何东西。被茨冈人拴住的两匹马,并非真正的马匹,而是两个被偷去的男娃娃——维嘉和舒里克。男孩儿的双亲苦苦找寻了许久,却终究找不着哥俩儿……

女孩儿们说着悄悄话。

"她要是愿意,也可以变成外婆的模样……"

"咱外婆?"加雅涅胆战心惊。

"啊哈!或者变成爸爸的样子……"维克多利娅继续吓唬她,"你看,他们来了……"说着,女孩儿朝着自家别墅里菜园子的方向挥了挥手。与此同时,一个有趣的计划在她聪明的脑瓜中顺势而生。

当时正值六月初,一嘟噜肥大油亮的丁香花潜入凉亭,浓郁的花香使人不由得联想起新鲜出炉的盘中佳肴。大黄蜂顶着个低音炮缓缓飞过时,仿佛拉着低音提琴,知了则用自己明亮的鸣叫在那被太阳烤得火热的树丛中遥相呼应。生活如此青葱蓬勃,也如此让人心悸。

"你可别怕,加雅涅。"维克多利娅安慰起惊恐万分的姐姐,"我帮你藏起来!"

"藏哪儿去呀?"加雅涅无望地问。

"柴棚里。躲那儿的话,他们怎么都找不着你。"维克多利娅宽慰她。

"那你怎么办?"

"我用棍子抽她!"维克多利娅声色俱厉。对于维克多利娅会抽巫婆这一点,加雅涅毫不怀疑。

于是,女孩儿们光着脚丫,偷偷向柴棚方向跑去。她们身着同款印花背带短裤,短裤上接近肚子的位置,还有一个俏皮的大口袋。维克多利娅推开门闩,示意姐姐加雅涅进去。

"在这儿坐着,头别朝窗外看。等他们走了,我就放你出去。"

门闩从外面被闩上。加雅涅恢复平静——现在,她可处于"安全地带"了。

维克多利娅偷偷溜回凉亭,用被单把自己的头蒙上。小妮子想象着加雅涅此刻的惶恐,内心也有些许畏怯,但更多的,是"好笑"。于是,伴着一丝笑意,她进入了梦乡。

晚上六点的时候,艾玛·阿莎托夫娜叫醒了她,并询问起加雅涅的去向。维克多利娅先是一愣,待她回想起白天发生的一切后,小妮子隐隐担心起来。更为焦灼的是外婆,她在该地区最繁忙的路段来回奔走:首先去了禁止女孩儿们进入的公用厕所,然后是树莓丛,再是小山脚下那全然荒废的、被破旧栅条所围住的区域。可哪儿都没有女孩儿的踪迹。

"加雅涅!加——雅——涅!"艾玛·阿莎托夫娜喊道。无人应答。

从发音伊始前的略微停顿到末了时的广阔回声,她拖长的声调、对姓名的呼唤,都石沉海底,似乎被芽苞初放、力尚单薄的新叶吸收殆尽。

此时正值第一波热天,树液开始蒸腾。经历了春天万木争荣、一派繁忙之后,大地迎来了夏日的宁静。外婆几近傍晚时分的叫喊,却莽撞地打破了一切沉寂。

维克多利娅溜到柴棚口,拉开门闩。

"出来吧!"她朝棚内低语,"快出来,外婆叫你呢!"

加雅涅的后背已经麻木。她紧靠墙面,坐在旧桶和柴堆之间。小妮子两眼大睁,却看不见自己的妹妹。维克多利娅还未细瞧姐姐的面容,便明白加雅涅已经失去了知觉。她年仅七岁的幼小身躯,无力承受如此巨大的恐慌。于是,女孩儿的身心此刻正处于前所未有的惶恐的极限。

被妹妹一下子塞进闷热幽暗的柴棚后,起初,加雅涅似乎是睡着了。可当她感觉到有不明物体在太阳穴附近移动时,女孩儿忽地从梦魇中醒来。她发现,自己身处全然陌生之地,如火焰般刺眼的黄色光芒从各个方向直射过来。这种感觉就仿佛置身于发光的牢笼,并且下一秒,这牢笼便将堕入黑暗。可怜的加雅涅以为,巫婆早已用某种超能力将她——连同这柴棚、由白桦树劈成的圆轮状干柴、旧桶、直立的破铁床以及自外公去世后便无人使用的农具一道——给顺走了。更残酷的是,她所处的时空也被一并带走。时空蔓延如松弛的橡胶,没有起点,亦失终点。太阳穴附近,伴着气流晃悠的无名涌动,似乎也证实了时间的散落与消逝。应和着这无名的涌动,小妮子恍恍惚惚绕逆时针旋转,胃里只觉翻江倒海。

"这可比被偷走还要糟糕。"加雅涅想,"我被遗忘在某个可怕的角落了吧!"

她吓得头皮发麻，被汗水浸湿的后背有如蚂蚁爬过。她的身躯，则被黑暗的旋涡卷起、环绕，似乎要将她带入另一处深渊。女孩儿猜想，自己大概是要死了吧！

"加雅涅！加——雅——涅！"远处有个响亮、温柔的声音在呼唤她，像是外婆的。可小妮子认定，正呼喊她名字的人不是自己的外婆，甚至都不是那个能变幻成外婆模样的茨冈女人，而是另外一个更为可怕的、超人的物种。

"小加雅涅，快出来！"她还听到了妹妹在频频低语，"茨冈人走了，已经走了。外婆在找你呢！"

加雅涅回过神来，发现恍惚中让她害怕的地方正是自家柴棚。一丝丝光线从木板的狭缝间钻入，在位于克拉托沃的别墅中，一切都那样简单、美好。穿着大波点蓝裙的外婆已经向着柴棚方向走来，怀揣最后一线希望寻找女孩儿。逐渐清醒的加雅涅备感惊喜。七岁的初夏，在此处、此柴棚，与先前席卷心头的无尽黑暗与巨大恐惧相比，如今的这一小方天地算得上亲切平和。

女孩儿扑向妹妹，嘴里不断喊着："维卡[①]，维卡，你别走！"加雅涅用双手搂住妹妹。维克多利娅则来回抚摸姐姐已然湿透的脊背，进而亲吻起她粗糙的发辫、耳朵、肩

---

① 维克多利娅的小名。

膀，喃喃说道：

"你怎么样了？小加，怎么样了？别害怕！"那一瞬间，她恍惚以为自己真是姐姐的守护神，真能让隐匿于黑暗中的危险无力伤害可爱而怯懦的加雅涅。

那天所发生的一切，后来被维克多利娅忘得一干二净，却在加雅涅的脑海里扎了根。也正是从那一天起，女孩儿对于任何黑暗与危机都异常敏感。这是一种极为特殊的对黑暗的感知，就连敞着门的衣柜都能将它唤起。女孩儿总觉得在那儿，在没有一丝光芒的黑暗中，还隐藏着某种难以言说的、当年在幽暗柴棚中所体验过的、似曾相识的感受。于是，甚至当滑动式盒盖被推上，笔盒内暂失光明，这都会让加雅涅疑神疑鬼。除了上述种种之外，每当靠近病中的母亲时，她也会产生此般阴暗的感受，但其中又掺杂一丝亲情。对于加雅涅而言，母亲的顽疾有如凝聚起来的黑暗。她甚至单凭感觉就能有模有样地比画出，这股幽暗力量究竟凝聚在母亲头部、肩部或胸部的哪片区域。

维克多利娅觉察到了姐姐的恐惧。按捺不住性子的她，向加雅涅开起了拙劣的玩笑。维克多利娅会把姐姐的练习本藏到屋里最难触及的角落，从而迫使加雅涅钻入阴暗的夹缝。又或者，她会把死甲虫塞进笔盒深处。利用这些"惊吓方式"，她使加雅涅的生活充满了意外。每当姐姐尖叫着扔掉笔盒时,维克多利娅却又瞬间扮演起救世主的角色。她一把拉近加雅涅,莞尔一笑道:"这是怎么了?小傻瓜,你在怕什么呀?"

对于自己能操纵姐姐的惶恐这一点,维克多利娅甚是满意。安抚宽慰的那一瞬,姐妹俩当年只觉彼此间的爱无比伟大。的确,那时候的她们都太过年幼,无以洞悉潜伏在伎俩背后不断滋生的危险与敌意。

对于艾玛·阿莎托夫娜而言,她才没有兴致研究女孩儿间的相互关系以及她们彼此依恋的天性。这些年来,老婆子被女儿悲剧性的爱情和疾病弄得心神俱伤,也从女儿的疯病和她残酷的爱情故事中稍稍嗅出了些端倪。艾玛·阿莎托夫娜是家中唯一一个既足够敏感又善于利用这一点的人。可与此同时,老婆子却又构建起了一套严格且博大精深的东方认知体系——但凡没有涉及死亡,那人生头等大事就当属进食。因此于她而言,小屁孩儿间的争吵与休战根本不足为道。

艾玛·阿莎托夫娜的早晨总是忙碌的。首先,老婆子要花很长时间替四位女士打理长发——她自己、女儿,还有两个外孙女。将深色长发结成发辫后,她便服侍大伙儿更衣。她们家的衣服,常常残留着熨斗蒸烫过的气味。潦草吃过早饭,才刚做完简单的清理,艾玛·阿莎托夫娜又得马不停蹄地忙活起午餐——烤茄子配西红柿和麻辣四季豆,外加几片原味面包。

尽管艾玛·阿莎托夫娜出身于富足的亚美尼亚家庭,她却在格鲁吉亚的梯弗里斯度过了自己的童年和青年时代。因而她烧的菜,也多是格鲁吉亚风味的,和亚美尼亚菜肴相比,做格鲁吉亚菜的工序和花样更为繁多。她精打细算坚果、鸡蛋、香芹籽和辣椒粒的用量。同时,双手则做着与此毫不相干、琐碎却无比精准的炒菜动作。艾玛醉心于自己的做饭过程,就好比音乐家爱欣赏从自己指尖拨弄出的旋律一样。

通常,谢尔戈[①]于七点半下班回家时,餐桌已经摆放整齐了,菜香弥漫。洗过手后,谢尔戈搀扶妻子来到桌边。她迈着小步,如上了发条的布偶,笑容寡淡。妻子昏暗的房间死气沉沉,照明用的电灯已然泛黄,她暗淡的脸庞活像失去了光泽的旧瓷器。吃饭时,她总被安排在丈夫身旁的圈椅里。女孩儿们则分坐在父母亲边上,也就是方桌间隔最远的两头。与父母相对而坐的是外婆艾玛·阿莎托夫娜。每晚,保姆菲妮娅总会用膝盖顶开门,端上一碗足够

[①] 女孩儿们的父亲,详见上一篇故事。

全家享用的汤羹,将之安放在女主人左手边后,她便消失不见了。菲妮娅在厨房用餐,说什么都不肯坐到宴会式的长桌旁来。这大概是因为主人家吃饭时,餐盘至少要更换三次,每每添菜也总需小勺小勺盛放的缘故吧!

一些汤汁洒到了玛格丽特的餐盘底下。此时她正用瘦骨嶙峋的手握起小勺,不紧不慢地将汤羹舀入盘中。玛格丽特此刻的进食,纯属象征性走个过场,"正式的晚餐"要在深夜进行。那时,她将独自一人啃着涂有乳酪的黑面包以及苹果,其他一切食物——从她生病的第一个年头起,只要母亲试图喂她吃一些更有营养的东西,她都只含在嘴里,并不吞咽。

那晚,和往常一样,艾玛·阿莎托夫娜将所有碗碟收入厨房。戴上油腻的眼镜,套上干净围裙后,老婆子开始了清洗工作。在这一点上,她放任了菲妮娅,也捍卫了她在邻居面前的尊严,使得后者老有底气夸口:"我可不是厨子,我是来带小孩儿的。"

谢尔戈将妻子领回房。他坐在收音机旁,时不时把玩突起的天线。

和妻子独处一室时,谢尔戈会不停说话。他谈话的对象不能说是妻子,但也绝非自言自语。这大概是两个疯子间的奇特交谈。玛格丽特无言地面向自己深爱的丈夫,曾经的那些责备早已慢慢被忘却。尽管如此,她却从未注意到,在她生病后的这么多年以来丈夫逐渐斑驳、忧郁的面容。而谢尔戈呢?他转述、评论着收音机里的晚间节目,无望地想借助极不稳定的电波来唤醒如今的玛格丽特——他那事过多年,却仍旧活在过往不幸中的妻子。事发后的十几年里,他们没有过任何眼神交流。而今,这两人却再度四目相对,陷入奇特的对话之中。

"加雅涅在哪儿?"玛格丽特出人意料地问,口齿清晰。

"加雅涅?"谢尔戈愣了愣,像是全速撞上了路边的灯柱。"加雅涅?"他又重复了一遍,惊讶于妻子多年来第一次向自己提出问题。"他们在温书吧!"他轻声回答,握住了玛格丽特的一只手。妻子的手如同易碎的玻璃,只差没发出叮咚声了。

"加雅涅在哪儿?"玛格丽特固执地问。谢尔戈起身,去隔壁房里张望了一番。维克多利娅背对着他,吱嘎吱嘎地坐那儿写字。就女孩儿的字迹来看,粗笔线条占了大半,且墨迹斑斑。于是在写字过程中,她的胳膊肘四处"揩油"。

"加雅涅呢?"父亲问。

小妮子肩膀一抖,墨水哗地从笔尖流出。

"我怎么知道?我又不是她的守林人。"维克多利娅头也不回地说。

"守林人"这个比喻可谓前无古人。这主要是因为她一生都致力于口出金言,试图为后人引用。只是这回,维克多利娅似乎答非所问,牛头没对上马嘴。

应妻子的要求,谢尔戈机械地在家中寻找加雅涅。先是公共走廊,他打开昏暗转角处盥洗室的门,可里头一个人都没有。穿过走廊,他来到了厨房,艾玛·阿莎托夫娜正在那儿洗碗,碗碟的背面被老婆子搓得锃亮。谢尔戈心中不解,告诉岳母:

"玛格丽特问,加雅涅在哪儿?"

艾玛·阿莎托夫娜停下手头工作。

"你说玛格丽特问你……"

"嗯……加雅涅在哪儿?"谢尔戈替她把话说完。

艾玛小心翼翼地将盘子叠好。她胸口起伏,一摇一晃地几乎是跑着冲向女儿。推开房门后,她却只草草问了一句:

"玛格丽特,你还好吗?"

"我很好,妈妈。"玛格丽特轻声回答,甚至连睫毛都没眨一下,"加雅涅在哪儿?"她又问了一遍。这一次,艾玛·阿莎托夫娜终于领会到了这个问题的要义所在。

加雅涅不在家。衣架上,她崭新的毛皮大衣没了踪影。

原先摆在衣架下,镶有假羊皮边儿的小皮鞋也全然消失了。只剩一双样式单调的套鞋孤零零杵在那儿,鞋底的水渍几近干涸。

"维卡,加雅涅在哪儿?"外婆问。

"我怎么知道?我们先是坐着。坐了一会儿,她就出门啦。"维克多利娅回答。

"很久了吗?她去哪儿了?你干吗不问她?"外婆气不打一处来,一连串问题脱口而出。

"我说了我不知道,没看见。她十分钟或者四十分钟之前走的!我怎么知道……?"女孩儿头都不抬地说,依旧埋首于练习本中。接着,她还装模作样、饶有兴致地在封皮上涂鸦了一大幅墨水画。

艾玛·阿莎托夫娜急忙去找菲妮娅,可到了门口才发现,她朝向走廊的房间大门紧锁。今天是礼拜六,菲妮娅要例行晚祷,尚未回家。

时间来到了九点二十分。现在正值冰水交融的冬末,窗外一片漆黑,空气潮湿。

谢尔戈没等穿上外套,便匆匆跑出家门。他绕着院子奔走,却终究在门洞边停下了脚步。他不知道自己此刻该往哪里去。

艾玛·阿莎托夫娜则忙着给同班同学的家长打电话,

可哪儿都没有加雅涅的音信。

这场晚间的失踪闹剧，其实在一个月前就有迹可循了。当时，女孩儿们感染了咽峡炎，在家休养。尽管隔着两道门，维克多利娅还是闻到了肉圆的香味，并在这香味的驱使下来到厨房。肉圆个头硕大，实打实塞满了混有蒜头和菜末的馅儿。此外，肉圆的这番制作工艺还给人一种"美好生活就在眼前"的错觉。离午餐还有一段时间，于是，维克多利娅犒赏了自己一个外表光亮、多汁多油的褐色肉圆。可刚咬了一大口，小妮子便烫得扇起舌头来。她不断让空气进入口中，好使肉圆冷却下来。

通常，这种餐前的任性举止不会得到艾玛·阿莎托夫娜应允。可女孩儿大病初愈，并且一周以来首次有了进食的欲望。

维克多利娅颇为享受地嚼着肉圆，耳朵则不忘留意邻人间的对话。玛利亚·季马费耶夫娜这会儿正摇头晃脑地和菲妮娅聊起了一桩恐怖事件。原来，某新生儿于今晨被发现死于后院的污水沟边。

"菲妮娅，我和你说，这不是8号楼的，就是12号的，我们这栋里谁都没去过后院。"玛利亚·季马费耶夫娜提出了自己的看法，大有维护同楼邻居之意。

"去看看就知道了！"菲妮娅咕哝着，愤慨不已。对于人性,她始终秉持"性本恶"的看法。

说着,她很自然地往地上啐了口唾沫。尽管菲妮娅还是个老处女,但对于肉欲所带来的罪恶后果,她可谓摸索得一清二楚。人类罪恶的淫欲使她极度反感。

对话正朝着少儿不宜的方向发展。于是,艾玛·阿莎托夫娜索性把维克多利娅打发回屋。锅炉蒸发的热气让老婆子满脸通红、眉宇严厉。维克多利娅肚子里装着肉圆和道听途说的恐怖新闻,一边沿着走廊踱步,一边惦记着那可怜的新生儿。起初,小妮子想象这是一个睡在白色襁褓中的孩子,襁褓周围还镶有熟悉的花边。这种襁褓,女孩儿的母亲也曾睡过,现在则被一个名叫"斯拉瓦"的布偶所占据。这么一想,在维克多利娅的脑海中,那个被发现死于污水沟的婴孩立即呈现出了布偶"斯拉瓦"的模样,有着光滑的头发,如假包换。只是,画面似乎不尽如人意——无论是"斯拉瓦",还是那孩子,都无法牵动心底的悲悯。不,那场景该是别样的,更触目惊心。于是,女孩儿又幻想,这是一个纯然新生的、白里透红的婴儿,就像尚未被小区流浪猫"玛璐萨"抛弃的毛茸茸的猫崽一样,只是四只小爪子要被双手双脚替代,并且长有"斯拉瓦"那样红里带黄的头发。然而,这画面依旧无法满足女孩儿饥渴的想象。

当维克多利娅抓过油肉圆的手指触及铜制门把手的那一刻，小妮子蓦地打了个激灵：啊！何不把那个污水沟里的娃子想象成加雅涅呢！

她心头一紧：正是如此！某个内心险恶的熟人把小加骗走后，便把她打死并弃尸了呗……

维卡打开门，之前那如戏剧般跌宕起伏的幻想，顿时被无聊的现实所取代。脖颈里总是围着玫瑰色方巾的加雅涅，这会儿正端坐在书桌旁阅读《鲁滨孙漂流记》，长长的鼻尖都快抵到书页上了。

维克多利娅来到儿童房，起身看向窗外。从那个角度望去，后院里的污水沟和大木箱都被一幢两层楼高的厢房给挡住了。维克多利娅目不转睛地注视着那厢房的侧面，斑驳的黄色外墙已然脱了不少漆。作为工程师的女儿，父亲的才能以某种令人费解的方式遗传给了女儿。对于小轮扣小轮、连杆扣曲轴的情形，维克多利娅可谓百看不厌，直至车子最终启动。话说回来，维克多利娅才不要什么死婴的画面，她希望那个被遗弃在污水沟边的，是个尚有气息的孩子，并且那个孩子，就是加雅涅。

小妮子的眉毛如拱桥般抬起，眉头似要连成一线，而靠近太阳穴处的眉梢仿佛还有蜿蜒而上之势。维克多利娅和父亲一样，每每陷入沉思，他们的眉毛总会不自觉地颤动。

小妮子心想，或许故事是这样的：大清早，外婆提着水桶出门，在污水沟边发现了一个女孩儿。外婆以为她死了，可女孩儿其实活着。于是，她就把孩子带回了家。妈妈见后说"喂她点儿东西吃吧！这孩子才三天大"。妈妈当时已经有了我，我也只有三天大……

这个故事的结构依然漏洞百出。首先，那个坏人是谁呢？究竟是谁把孩子遗弃在了污水沟边呢？

警方询问了所有自愿为该刑事案件提供线索的居民。这样一来，官方收集到了不少版本，个个都异想天开。有说利益论的，有说巫术作怪的。忙得不亦乐乎的告密者也掺和其中。相较之下，昔日里循着自然规律而生机盎然的后院，却已将此事忘于九霄云外。就好比历史上那些盛极一时的文明，终因陈腐而遭遗忘一样。对于这起尚未破获的刑事案件，侦查员也置之不理。在他们看来，这根本不算谋杀。

只有维克多利娅依旧深陷自己独创的、尚未成熟的剧情中，备受折磨。小妮子说什么都不肯走出阴谋论的假想，仍然执着于寻找污水沟边弃婴的母亲。而那弃婴，在维克多利娅险恶的想象中，早已成了姐姐加雅涅的化身。

饱受折磨的维卡，于事发后的第三天穿越门边通道，在位于半地下室的屋子里见到了传闻中的看门人别佳莉哈。这位拐角陋室的主人看上去邋遢至极，她的身高都比得上男人了。此外，还像男人般留着一头利索的短发。她面色灰白、无精打采，就连衣着色彩都显得极为黯淡。她被公认为女酒鬼，可事实上，人们从未见过她醉酒的模样。不过话又说回来，别佳莉哈还真是个酒鬼，只是有些另类罢了。每天，她都会把自己关在寒酸的小屋里，独自一人喝闷酒，每日所饮不多不少恰好一瓶红酒的量。就喝法而言，别佳莉哈总会先用小杯快饮半瓶，剩下的半瓶则需耗费两个多小时慢品。饮毕，她就卧床休息。床垫上所铺的则是从医院租赁来的大白床单。

随着季节的变换，太阳随心所欲择时东升。相较之下，别佳莉哈则固定于清晨六点半准时醒来。睁眼后，她做的第一件事就是将昨日所剩的、瓶底两指多高的红酒一干而尽。若换作是别人，因为宿醉，必会昏睡许久。可别佳莉哈却秉持着对作息时间一贯的忠诚，每日定点起床。从酣甜的睡梦中醒来后，她便来到医院，开始了一天的清洁工作。其他清洁工和护工都不喜欢别佳莉哈。她们不喜欢她的沉默寡言，不喜欢她如豺狼般凶恶的眼神以及卖力且充满热情的工作态度。除了录用别佳莉哈的护士长马勒可洛夫外，没有人知道在战前岁月里，她曾是多么干练且前程远大的医务工作者。

挥了十二个小时抹布后,别佳莉哈赚足了一份半的工资,在回家路上为自己添置了每晚必饮的红酒。快八点时,她回到了简陋破败的小屋。别佳莉哈褪去长筒套鞋和制服上衣,一屁股坐在床褥上。在她家,凳子成功代行了餐桌的职责,于是别佳莉哈取出怀中红酒后,便将之搁于凳子上。酒瓶摸着十分暖和,她知道几分钟后,自己内心也将如此这般暖洋洋的。面对无意间涌上心头的幸福一刻,出于珍视之情和尽可能久地使之延续的心态,她放慢了手头的动作。

医院里的人都不待见别佳莉哈,她们敏锐地洞察到了后者骨子里的那股傲气。孩子们则怕她,每当她庞大的身躯出现在宽阔的石洞门口时,他们总会一哄而散。此外,在孩子中间还流传着这样一个关于别佳莉哈的谣言:据说,她是在太平间工作的。因此孩子们都管她叫"碎尸者"。然而,真相并非如此,别佳莉哈顶多也只是在医院最棘手的两个科室——化脓性外科和神经科负责清扫工作罢了。

维克多利娅做着最后的准备:她召集了一小帮头发蓬乱的野姑娘。小妮子一边晃动着头顶针织帽上成对的蓝红色绒球,一边向她们述说多具死尸在玻璃罐里漂浮的场景。接着,她说那些尸体开始"分流"——腿归腿,手归手,头归头……而所谓的"分流",正是别佳莉哈的职责所在。

维克多利娅的故事听着恐怖,却引人入胜。女孩儿中最小的那位——列娜·金科娃尽管在听故事的过程中,竭力用双手捂住耳朵,可若想把她从人群里拉走,却也绝无可能。要知道,即便她用露指手套掩住了双耳,故事的神秘魔力也丝毫未减。再者,维克多利娅特地挑选了楼梯下倾斜的三角形空间作为讲述此类故事的绝佳地点。这个地处柴棚之间的有趣角落位于本楼顶层,也就是六楼的狭窄楼梯下,而那"发育不良"的楼梯,则是通往顶层阁楼的必经之路。漆黑的角落、忽明忽暗的光线以及时不时发出的不明响声,交织伴随着维克多利娅的整场演出。每当小妮子屈服于自己的幻想时,她便不得不添加些更为大胆、有趣的全新情节……

说起讲恐怖故事,维克多利娅完全胜任,定是不二人选。她有模有样地在角落旁的走道上,一圈又一圈地踱步。恐怖故事情节各异,唯一不变的就是作为主角别佳莉哈以及她有如魔鬼般的形象。

这种说书形式在孩子之间反响热烈,然而敏感的加雅涅却在好戏尚未开始时便匆匆离场。她竭力编造鼻炎或是头疼这类坚实的理由,拒绝在外逗留。于是,说书活动取消了,换到下一回——当加雅涅不得不待在咱们的"小小说书先生"身旁的时候。

平心而论，那些有关被肢解的尸体、黑色床单以及死尸复活的故事并非维克多利娅原创，只是盛行于那个年代和地区，为她们这个年龄段的孩子所热衷罢了。毫无疑问，维克多利娅是个极具天赋的"说书人"，而加雅涅则是所有听众里最具身临其境感受的那位。与此同时，在那些以夜幕为背景，讲述别佳莉哈与死于破旧市立医院的病患之间所发生的、颇具诋毁意味的故事中，加雅涅感受到了某种阴暗且惹人不安的针对性。

在加雅涅看来，那个半地下室屋子宛如地狱的入口。于是，女孩儿一口气跑回了位于二楼的自家屋里。

在那个充满纪念性的夜晚，女孩儿们的下课时间比往常稍推迟了些。因为是周一，她们需额外补习音乐。于是，对于女孩儿们来说，每个礼拜一都充塞着两个学习高峰。姐妹俩面对面坐在玛格丽特从前用过的小桌旁。维克多利娅把一条腿垫在屁股底下——这可是外婆严厉禁止的。皱巴巴的练习本和狗啃过般参差不齐的铅笔铺了一桌。加雅涅将手伸进包里，指尖无意触碰到一个褐色纤维信封。

"天哪！"加雅涅惊呼，她不知道这信封究竟是怎么出现在包里的。

"你怎么了？"维克多利娅竖起双眉。但加雅涅此刻正不解地盯着信封，看得出神。上面，方方正正地用红笔写着五个大字——"加雅涅亲启"。

"一个信封，貌似是封信。"她低声含糊道，双手紧握着它。纤维封皮上的字，鲜明如血色，映入眼帘。

"里头说啥？"维克多利娅装作无意地提了句。

加雅涅将信封放到桌边，仿佛在考虑它是否值得"亲启"。敏锐的直觉告诉她，里头定是些不好的消息。此刻，那像是无意间落在桌角的信封，正散发出一股浓烈的糨糊味儿。加雅涅伸手从书包里拿出作业本。与妹妹相比，她的本子干净又整洁。双横线和稀疏的竖斜线间，一个个粉色字母端端正正地排列开去。在方块格的本子里，则挤满了小妮子的算数作业。

维克多利娅竭力佯装出满不在乎的神情，却终究没耐住性子。她提醒姐姐："你有封信，不是吗？"

加雅涅将信封翻了个身，背朝上放置在桌边。信封背面，粗糙的糨糊渍尚未干透。女孩儿用手指轻抚那黏糊糊的封口处，对妹妹说："我过会儿再看。"

维克多利娅不断用手指缠绕发丝，双眼则死盯着那错得一塌糊涂的练习本。信依旧在那儿，无人问津。小妮子知道，外婆随时都可能进屋。加雅涅却像没事似的，用号钢笔在光亮的作业本扉页圈圈画画。的确，光从外表来看，女孩儿此刻平静至极。可事实上，加雅涅的内心却为不祥的预感所笼罩，心心念念地惦记着有关信的一切。

"快走，快走呀！让维克多利娅快点离开吧！"加雅涅默默祈祷着，却未曾想到，对于那封信，她完全可以置之不理。

终于，维克多利娅等不及了。女孩儿一手按住信封："既然如此，那我来读！"

加雅涅猛地一哆嗦。"不行，这是我的信。"说着，她拆开了信封。

信是这样写的：

> 亲爱的加雅涅！是时候将一切真相都告诉你了。我叫别佳莉哈，是你的生母。由于无法将你带在身边，你一出生便遭遗弃。这是秘密，以后会详细告诉你的。很快，我就要来找你了。亲爱的**女儿**，我要把你带回去。到时候，咱们就能团聚啦！
>
> 你的母亲

起初，小妮子绞尽脑汁也搞不懂，信纸上细若蚊足、歪歪扭扭的一笔一画究竟所言何意。通览全信，"女儿"一词写得那般硕大醒目。女孩儿久久揣摩着这二字背后所隐藏的深意。

意料之中，一片沉寂。维克多利娅耐心地在一旁等待，末了，试探性地问：

"信是谁写的，加雅涅？"

女孩儿无声地将那封写在练习纸上的信递给了维克多利娅。小妮子晌了一眼。"嗯，非常好！"维克多利娅想。她特别喜欢这个开头：是时候将一切真相都告诉你了。

天哪！又是那种感觉，似曾相识的感觉……时光如松弛的橡胶，两头皆无止境。还有那让人犯恶心的逆时针旋转，被茨冈女人偷走的恐惧以及身处幽闭空间时对黑暗的抵触……

不断涌现的关于往事的种种回忆恰在证明，这封看上去令人生畏的信，它所讲述的并不仅仅是一个惊悚故事那么简单，倒更像是某个确凿无误的真相——长相忤人的别佳莉哈，正是她的生母。

"别怕别怕！"豁达的维克多利娅安慰她，"没有人会把你送还给亲生母亲的。"

"怎么，你早就知道了？"加雅涅再次受到惊吓。第三者知晓此事，无疑加深了她内心的恐惧。

维克多利娅猛一甩肩，将发辫撩到身后，宽慰道："别担心。我当然知道。所有人都知道。"

"包括菲妮娅?"加雅涅傻傻地抱有一丝侥幸,问道。

"当然,包括菲妮娅。我跟你说吧,所有人都知道。"

在捉弄加雅涅的最后阶段,维克多利娅纯粹是在即兴表演。其实,她并非那种心地险恶的坏姑娘,只是常有些恶作剧的念头会萦绕脑海罢了,并且,和所有天资聪颖的人所置身的处境一样,这些念头在维克多利娅心底如绝妙文思般蔓延、扩散。

"要不然,你以为咱妈是怎么病倒的?外婆把你从污水沟那儿捡回来,命令妈妈喂你些母乳。你觉得她会乐意吗?"

"所以她就生病了?"加雅涅问。

"你以为呢?妈妈说'不要',可外婆逼着她喂你。然后就病啦!"

"那你呢?"加雅涅试图平复自己快要爆炸的内心宇宙。

"什么我?我可是妈妈的亲生女儿。你才是……才是弃婴!"

"哪个水沟?我从哪个水沟捡来的?"加雅涅问,仿佛这个细节至关重要。

"哪一个?就这儿附近的。有个绿色垃圾桶的后院。"维克多利娅巧妙地将地理学和生物学知识完美融合。那一瞬,她为自己爆发的"艺术感"沾沾自喜。同时,香味四溢的热乎肉圆、骇人听闻的弃婴案乃至抹了一走廊的糨糊味儿——所有的一切，小妮子此刻都记忆犹新。

"哦……"加雅涅无精打采地回答。维克多利娅明显察觉到了这股子沉闷。一丝疑虑闪过，她莫名失落，难道自己巧夺天工的玩笑没开成功？维克多利娅闷闷不乐地将脸埋进课本，翻找着带有作业的那一面。同时，她一心二用地试图扭转局面。

当维克多利娅从书本里抬起头来的时候，加雅涅已经不在了。桌角的信封平整摊开，信也原封不动地躺在那儿。

"估计躲门外哭去了吧！"维克多利娅想。女孩儿原本只想耍耍加雅涅，惹得她号啕大哭后，再告诉她这只是个玩笑罢了。

也正是在这个时候，父亲走进房里，问她："加雅涅在哪儿？"

加雅涅在哪儿呢？小妮子当时已经离家很远了，都到了普列斯尼亚河①畔。她从未离家那么远过。女孩儿站在动物园的入口处。斑驳的正门旁，那些衰朽的神灵正守护着被俘获的兽群，一如很久很久以前，他们曾守卫现已绝迹的种族一样。远处传来了悠长而嘶哑的哀鸣，或是困兽，

---

① 位于莫斯科的一条河。

或是夜间活动的飞禽。下雪了。一切都开始明朗。路灯散出一圈又一圈金色的光晕,而在那里——在灯光无从照及的地方——月色朦胧,大片雪花悠悠然,闪着银光。对于加雅涅来说,此刻所经历的一切——形单影只、离家远走、声声哀鸣,甚至是扑面而来、夹杂着马厩与猴舍气味的飞雪的味道……一切都如此新鲜,一切都如此陌生。

加雅涅相信,从她离家的那一刻起,某些东西便注定将伴随她一生,比如对别佳莉哈永恒的恐惧以及在母亲面前永恒的愧疚。她相信妹妹说的话,如今一切都昭然若揭:人生中细小的惴惴不安,对黑暗的异常敏感和无数道不清缘由的惶恐,在这一刻,似乎都有了答案。就是嘛!她与这个家格格不入,因为魔鬼般的别佳莉哈才是她的生母。在这个家中,只有维克多利娅才有权享有外婆、爸爸以及菲妮娅百分百的关爱,还有每日清晨母亲蜻蜓点水般虚弱的亲吻。至于她,加雅涅,则要被满口黄牙的别佳莉哈带回自己阴郁的地下室。

加雅涅一心扑在了日益明朗的、灾难性的"真相"上,却完全忽略了自己和妹妹在外形上的相像。其实这一点,她在很小的时候就已经发觉了。只是,面对如此极端的处境,儿时根深蒂固的见解,此刻俨然微不足道。

女孩儿想:如果别佳莉哈真是自己的亲生母亲,如果自己真的是导致玛格丽特妈妈生病的罪魁祸首，那她还是死去好了。死亡的念头让小妮子莫名轻松了不少。那些技术含量颇高的自杀手段，她倒也没顺势再思索下去，这些实属无谓。加雅涅觉得，只要找个不毛之地，自己蜷缩成一团便已足够。迫切的求死之心足以让她永不苏醒。

她沿着公园外墙，顺着铺满白雪的萧条小道向前走。不远处，有黑影闪过。那是守夜人尤可夫。只见他轻而易举地从变形的铁栏间钻了出来。同往常一样，尤可夫走夜路来取二等牛肉，那牛肉原是给瘦骨嶙峋的猛兽享用的。他从女孩儿身边走过，而后消失在了杂院里。尤可夫的"好朋友"就住在离这不远的地方。从他所取的肉量来看，除了盗用公家给老虎的口粮之外，这家伙还从中顺手牵羊了些。

在尤可夫的身影消失于杂院之前，加雅涅一直待在原地。小妮子模仿着他的模样，在铁栏间轻盈地来回穿梭。这座公园里的一切都充满魔力，毫无让人害怕的迹象。尽管远处不时传来某些隐秘的长叹、呻吟和呼噜声，可猛兽们的夜间哀鸣已经停止。途经白雪覆盖的池塘，女孩儿在一片空寂中向兽笼走近。然而，笼中之兽早已迁往了更温暖的"寓所"。

高耸的两堵铁墙间，伫立于此的硕大木箱和女孩儿家后院的绿色垃圾桶十分相像。压实的干草团被飞雪胡乱地吹散向铁墙两侧,堆积成山。加雅涅戴着手套,单手拂去积雪,扯出了一团干草。将它摊开的那一刻,干草的味道让加雅涅想起了那年夏天、那栋别墅以及所有逝去的过往回忆。女孩儿像坐在外婆脚边的矮凳上那样,在铺开的草团上屈膝而坐,干草没膝。渐渐地,她的眼皮开始打架。抱着从此不再苏醒、永不再见这不公世界的信念,女孩儿进入了梦乡。

维克多利娅将信纸和写有红笔字的信封塞进裤子口袋,躲进了厕所。"证物"被撕得粉碎。随着马桶冲水声的响起,女孩儿将自己的秘密永远尘封。因为,简单地将证物扔进废纸篓的做法,远不能让小妮子如释重负。艾玛·阿莎托夫娜忙于接听医院太平间和地方警局的电话。稍一得空,她便再度质问起维克多利娅。维卡用无辜的眼神告诉她:她没必要撒谎。的确,小妮子真的不知道姐姐究竟去了哪儿。

艾玛·阿莎托夫娜终究不是夏洛克·福尔摩斯,否则她便能察觉到外孙女无名指上可疑的红笔印以及加雅涅遗留在此、尚未完成的作业本。这和女孩儿突然的失踪有着密切联系。另外值得一提的是,华生医生的归纳法推理于当时并不流行，而风靡那个年代的其他推理法，则无论如何，都不能为艾玛·阿莎托夫娜所采用。

在这两个因素的作用下，老婆子责令维克多利娅上床睡觉。接着，她放弃了家庭调查，转而向地方警局求助，介入侦查。为此，因高血压发作而面色潮红的谢尔戈，不得不顶着昏沉的脑袋跑了一趟警局。

维克多利娅躺在姐姐的床上，为突然失踪的加雅涅及其悲惨的命运大哭不止。与此同时，小妮子盘算着，欲施妙计报复别佳莉哈。在她看来，别佳莉哈是世间一切不幸的罪魁祸首。

午夜两点，酒足饭饱的尤可夫心满意足地离开了女友家。那只挨饿的老虎兄弟"自我牺牲"，使得尤可夫的身心皆得莫大满足。这会儿，他沉重的身躯平稳地穿过公园铁栏。原本，尤可夫想绕着该地段巡视一周，再顺道拐去经理办公室。今晚，轮到他的朋友瓦新在那儿当值。然而，在经过两只空荡的兽笼时，尤可夫在硕大的木箱旁发现了熟睡中的女孩儿。她帽顶的绒球如裹满飞雪的穹顶，粘在睫毛上的雪花也尚未消融。所幸，女孩儿并没有冻僵。相反，她身躯温热，呼吸规律。尤可夫诧异自己先前竟没注意到这个姑娘。他用手轻轻拍打女孩儿脸颊。她没有苏醒。于是，拂去女孩儿身上的积雪后，尤可夫抱起她，径直向经理办公室走去。

瓦新看见了尤可夫怀中的"意外收获",顿时目瞪口呆。他们将女孩儿安放在椅子上。她仍在昏睡。

"看哪!这不是现实版的睡美人吗?可,她怎么会在那儿呢?"尤可夫叨唠着。

"会不会白天就在了?"瓦新推测。

"不是吧!我前面经过的时候,她不在的呀!要不要报警?还是,等她自己醒来?"尤可夫拿不定主意。

"警察来过。好像就在门口。"瓦新说。

果然,警车尚未驶离。瓦新将值班少校领来。少校试图叫醒姑娘,可终究同他们一样,以失败告终。他转而将女孩儿拉起,欲使之站立。然而,小妮子的腿却在膝盖处打软,根本无力伸直。

"情况不对啊!"少校说着,立即带女孩儿驶向芬拉托夫斯基医院的门诊部。待到医院接收这个奇异患者,办妥一切手续,已是次日的清晨六时。与此同时,值班少校也完成了管辖区的巡视工作。他回到警局,就"睡美人"事件撰写报告。

在位于梅尔自拉科夫斯基小巷的家中,全家人都夜不能寐。谢尔戈躺在长沙发椅上,头缠绷带,隐约可见斑斑血迹。艾玛·阿莎托夫娜则坐在圈椅上发呆。房间里,不

时传来玛格丽特的抱怨声:

"加雅涅在哪儿呀?"

没有人回答。

所有人中,只有维克多利娅睡着了。在姐姐加雅涅的床上,维克多利娅抱着姐姐那几乎被泪水浸透的小枕头,整个人蜷缩成团。而在医院门诊部的房间里,当所有人都忙着查实女孩儿身份、为她诊断病情的时候,加雅涅也以同样的姿势昏睡不醒。

电话响起,艾玛·阿莎托夫娜被要求速速赶往医院。经初步判断,芬拉托夫斯基医院里的女孩正是她走失的外孙女。谢尔戈知道后,哭得那般撕心裂肺。于是,在他费力地套上肥棉衣准备出门之前,老婆子不得不给他吃了适量的缬草以平复心绪。清晨,清洁人员尚未到岗,满地积雪还未被清扫成厚实的雪堆。在昏暗的雪地里,两人依偎前行,谢尔戈更是平生第一次搀扶自己的丈母娘——身着裘皮大衣、头戴毛皮帽子的艾玛·阿莎托夫娜。就这样,从尼基茨基大街到斯皮里多诺夫大街,他一路搀扶着她。很快,在穿越花园街后,谢尔戈一行抵达了目的地。

他们走进芬拉托夫斯基医院的门诊部,艾玛·阿莎托夫娜透过隔离室的玻璃门,看到了熟睡中的外孙女。然而,医护人员却不让老婆子进去。他们告诉她:尽管女孩儿看上去毫发未损，可身心却明显出了问题。今早，神经病理学家连同其他专家一道来看诊，可自始至终，女孩儿就是不肯醒来。之前，他们曾尝试带她去洗温水浴。然而，纵使这样，小妮子依旧保持着最初被发现时的姿势——膝盖蜷曲，双臂交叉合于胸前。另外，医生们还说，小妮子目前睡得很安稳，体温正常。

此情此景，谢尔戈终于无力招架。他面色煞白、四肢疲软，整个人向下瘫倒。幸而，他的身子不偏不倚落在了身后的座椅上。在氨水气味的刺激下，谢尔戈回过了神。这一回轮到艾玛·阿莎托夫娜来搀扶自己的女婿了。她领他穿越花园街，又途经斯皮里多诺夫大街。在越过尼基茨基大街后，两人来到了梅尔自拉科夫斯基小巷。他们朝家门口方向走去。此时，人行道已被清洁工打扫干净。在电车叮叮当当的响铃声中，小职员们也匆匆向各自的工作地进发……

两人都保持沉默。事实上，自从谢尔戈于前线归来后，他们之间的沟通便几乎为零。确实如此。说实话，在这个家中交流最多的两人当属加雅涅和维克多利娅了。除此之外，便是大人和姐妹俩的对话。玛格丽特、谢尔戈和艾玛·阿莎托夫娜则各自沉湎于默然无声的内心独白。这首这个怪诞家庭的悲情哀歌，唱着女人耿耿于怀的埋怨，也唱着男人毫不妥协的执拗。

然而今日，他们各自的缄默却不再夹杂往日的分歧。这一次，让他们百思不得其解的只有一件事，那就是在女孩儿身上究竟发生了什么？于是，共同的困惑——连同两人一道经历的古怪之夜——拉近了他们内心的距离。

"哎，这个傻男人，傻男人！"——有那么一瞬，艾玛·阿莎托夫娜对自己搀扶着的女婿深表同情。——"呵，我自己也是个傻老太婆。怎么看小孩儿的，真是！"她冷静地分析形势，并应许自己做了一件往常少有之事——老婆子转向自己的女婿，问他：

"谢廖沙，你说小加到底出了什么事啊？"

"天知道，妈妈。我也是摸不着头脑，小姑娘什么都有，还有啥不满意的？"他说话的语气比往日要重很多。谢尔戈五十岁了，然而，似乎从很久以前开始，他便和年至六旬的艾玛·阿莎托夫娜看上去像同龄人了。

快到家门口的时候，他们注意到了凑集在大门处的稀疏人群和一辆救护车。经历了一整夜的恐慌，艾玛·阿莎托夫娜可谓身心俱疲。因而，关于救护车为谁驶来，老婆子丝毫提不起兴趣。

救护车是来救别佳莉哈的。今早，她的邻居——清洁工科瓦列娃发现，别佳莉哈的屋里没有传来平日做清晨准备时惯有的声响。待到在厨房水槽旁也不见邻居踪影后，科瓦列娃立马去敲门。无人应答她的呼喊，清洁女工只得破门而入。门锁弹开，只见别佳莉哈的脸蛋深埋于干瘪的枕头里，双腿颓丧地耷拉在地。她先前大概是坐着的，之后蓦地将脸埋在公家缝制的医用枕套里。心脏骤然缺氧，使她猝不及防。昨夜的残酒则原封不动地遗留在瓶底两指高的位置。

"罪有应得！"菲妮娅说。然而，这种罪是莫须有的。没有人能解释：为何多舛的命运要于当年置别佳莉哈于服苦役的境地，而缘由仅是她作为造船师的曾祖父有个德国姓氏。之后，命运之轮又无情地将她的丈夫、母亲、姐姐和年仅三岁的幼女——夺走。末了，如今的别佳莉哈竟成了吓唬十岁女孩儿的工具，但可笑的是，她连那姑娘的面儿都未曾见过……

维克多利娅安然睡着。外婆没像往日那样来叫醒她，催她上学。玛格丽特这会儿却早已梳洗完毕，穿戴整齐。她站在餐桌边缘那正中央的座椅上，用湿抹布细细拂抹玻璃吊灯的锥形吊坠。

"加雅涅怎么样了？"她的声音从上方传来，伴随着玻璃吊坠碰撞出的清脆声响。

"一切正常。现在睡着了。"艾玛·阿莎托夫娜小心翼翼地作答。

"我差点儿没被吓死，"玛格丽特小声嘀咕，"妈，中午吃手抓饭吧！"

听罢，艾玛·阿莎托夫娜缓缓落座于沙发床边，惊喜交集。而玛格丽特呢？她抬眼望向正往屋里走的丈夫，多年以来第一次向他开口求助：

"我要下来了。谢尔戈，来帮我一把！吊灯实在太脏了，所以……"

维克多利娅已经醒了一阵儿了。外头所发生的一切，小妮子听得真真切切。她慵懒地打了个哈欠，伸伸懒腰。

"哎，加雅涅真是太傻了……要不，我把自己的美国玩具狗送给她吧！"维克多利娅善心大发。这样想着，她立马爬下小床，找出自己的小狗，立于姐姐床头。这只长毛绒玩具狗，曾是二战期间美国救济苏联的物资之一。此刻，它则见证了一个女孩儿良心上的惴惴不安。

与此同时，加雅涅也醒了。她努力将麻木的双腿伸直。医生早先猜测女孩儿得了"僵直症"。可实际上，这病和女孩儿八竿子打不着。加雅涅环视四周，上漆的白窗赫然映入眼帘。女孩儿以为这是梦境，而她不喜欢这样的梦，便再度合上双眸。

当加雅涅又一次睁眼的时候，外婆已经坐在她床边的座椅上了。在钻石耳环的衬托下，老婆子今日容光焕发。此外，她还涂了口红，嘴角洋溢的微笑，无时无刻不在传递幸福的信息。加雅涅注意到，在外婆泛黄的前排牙齿上，无意中沾上的口红依稀可见。女孩儿于是明白了，这一切并不是梦。更何况，在老婆子身后，她还看见了尤里·索拉莫诺维奇的身影。这位妙手仁心的医者，正窸窸窣窣地为自己套上白袍，准备替女孩儿看诊。来此的路上，街头的冷风钻进了他的旧手套里，将手冻得通红。于是，老医生此刻正反复搓弄着双手，他不愿让街边的寒意侵蚀女孩儿温热的身躯……

那年，三月二日……

冬日的天气很糟糕。严寒季节，不仅空气潮湿、令人气闷，而且低沉的天空也宛如盖上了一条脏兮兮的棉被。从秋天开始，曾祖父就卧病不起了。他用深陷的灰黄色眼眸温柔地环顾四周，左手臂上缠绕的黑色护身符未曾取下……在那张铺有毛毯的沙发床上，曾祖父的生命正一点一点被消耗殆尽。在老爷子的腹部放着一个扁平的电热水袋，他用右手按着它。热水袋外层的羽纱已被磨得差不多了。这个玩意儿是世纪之初技术进步的典范，也是他儿子亚历山大从维也纳带来的礼物。儿子用了八年时间在国外深造，并终以年轻有为的医学教授身份回归故里。归国的那一年，战争尚未爆发……

一般说来，将电热水袋直接安放在腹部是被严格禁止的。然而，为了缓解这尊半死不活的孱弱之躯的病痛，作为肿瘤科医师的儿子最终还是让了步，并答应了老爷子使用热水袋的请求。对于父亲体内肿瘤的大小以及因肿瘤转移而无法做手术的部位，儿子排查得一清二楚。他崇敬眼前这个男人——他的父亲，在九十余载的生命中，沉寂英勇，从未有过半句抱怨，没有过一丝哀叹。

莉莉娅放学回家了。小妮子满面红光，秀发乌黑，褐色的双眸炯炯有神。这位家里的宠儿，这会儿正穿着褐色制服裙爬上床尾。她身上斑驳的粉笔印和雪青色的墨水渍，依稀可见。女孩儿在曾祖父身侧躺下，往自己身上扯过来些毛毯。末了，她撑起胳膊肘和胖乎乎的膝盖，在曾祖父汗毛浓密而孱弱的耳畔轻声低语：

"嗯，跟我说说……"

然后，年迈的阿尔隆便开启了话匣子。他一会儿说起关于丹尼尔的故事，一会儿又想起了格尔翁。这些名字读来甚是拗口的勇士或美女、哲人或皇帝，都是他很久很久以前便已逝去的亲人。尽管如此，女孩儿却总有这样一种感觉。她以为，自己的曾祖父阿尔隆曾同许多古人打过交道，并对此记忆深刻。

对于莉莉娅而言，这个冬天也着实糟糕。同其他人一样，小妮子也真切感受到了低沉天空给人施加的某种压迫，还有沉闷的家庭氛围以及街头吹来的似带敌意的寒风。女孩儿正处青春期，腋窝生疼、乳头发痒。有时，极度厌恶之情会在她心中油然而生。她讨厌身体略微肿胀的感觉、那日渐浓密的毛发和额头上冷不丁冒出的小痤疮。小妮子盲目地抗拒着，抗拒所有与她身体相关、惹人不快甚至有些肮脏的变化。与此同时，周遭的一切都变得不再可爱迷人。它们如同漂浮在蘑菇汤表面、呈萝卜黄的薄油脂般惹人厌恶。从每日在钢琴旁被她弹得不堪入耳的格季克练习曲到每天早晨拉扯上身的扎人毛裤，再到死气沉沉的深青色练习本封皮……没有一样幸免于难。只有当她躺在祖父身侧，闻着老爷子身上混杂的樟脑和旧纸张味道时，女孩儿才能从这一系列莫名事件里解脱，获取片刻自由。

奶奶贝拉·吉娜芙耶芙娜是皮肤病专家兼教授。她和爷爷亚历山大·阿尔隆诺维奇结婚多年，两人携手走过了不少风雨。亚历山大·阿尔隆诺维奇在家被唤作"苏立科"。这是一个瘦骨嶙峋、耳门宽大的男人。他善讲通俗易懂的笑话，做起手术来技艺超群。他常说，自己将一生都献给了两位"女士"——他亲爱的贝拉以及伟大的医学。贝拉的个头不高、身材偏胖，描眉精致、红唇银发的她，面对同"医学女士"争夺丈夫的挑战，无所畏惧。

夫妻俩下班回家的时候，恰巧撞见了老爷子和女孩儿忘我的交谈。那一刻,某种怪异的忧愁席卷心头。两人互使眼色。贝拉轻轻拂去眼角的泪水,苏立科则意味深长地用手指轮番叩桌,似乎在预示着什么。贝拉举起手来,摊开的掌心仿佛专供聋哑人使用的秘符。这对夫妻之间有许多诸如此类的动作、符号或是暗语,凭借着捕捉彼此心灵感应的能力,言语沟通在他俩面前不由得黯然失色。

这对尚且"年轻"的老夫老妻知道,年迈的父亲即将离开人世,而在死亡来临之前,他正将自己不辨真伪的"财富"传授给小一辈,传授给这个即将变成少女的孩子。往日,他们总觉得老爷子那些陈腐的、同古人搭界的故事不仅听来幼稚,甚至有阻碍人类思想进步之嫌。曾于维也纳和苏黎世接受过西方实证主义洗礼、熏陶的亚历山大与贝拉,更热衷于在精妙的科学世界遨游。在他们心中,只有事实真相是虚无缥缈却唯一值得崇敬的上帝。一直以来,教授夫妇就这样无畏、单纯地充当着无神论者,令外人不免惋惜。然而,置身于今日之情境,夫妻俩都产生了某种幻觉:恍惚之中,在缓缓而来的死亡气息的烘托下,前所未见的绿洲仿佛在破旧的沙发床头葱茏地铺展开来。在这里,没有什么"投毒医生",更没有让百万民众提心吊胆的、从医者的阴谋诡计。其实,真正侵害人心的毒药是谣言背后的惶恐、卑劣与荒唐。它们在这里——也唯独在这里——找不到安身之处。郁郁寡欢的教授夫妇离开了饭厅——老爷子卧床不起的公共空间。每日，他们都时刻准备着四处奔走，悬壶济世。原本，夫妻俩打算进行日常的科研工作，可这会儿，他们却坐在自己屋内的圈椅里，坐在很少问津、总处于"待业"状态的电视机旁，认真倾听起了老爷子拉长声调、柔声细语诉说的故事。这当儿正赶上他讲马尔杰哈依和阿芒的往事。

亚历山大和贝拉相视一笑。每天外出回家的那一刻，他们都会经受老爷子的这番"疯言疯语"。然而今日，正觉伤感的二人，对此没有多言……

在大战中，亚历山大和贝拉都失去了兄弟、内侄和其他许多亲人，但他俩相濡以沫、幸免于难。战火纷飞中，他们齐心协力，守护住了自己的小家庭以及彼此之间百分百的信任、善意和缱绻柔情。后来，获得坚实人生成就的他们，似乎觉得只要在身体健康的前提下，体力与经验相平衡的良好状态还能保持个十来年。与此同时，他们纷纷展望起了梦寐以求的生活：周一至周五，夫妻俩怀揣着好心情，应对满负荷的工作；到了周末，他俩就举家赶赴前不久刚建成的别墅度假。别墅里，舒伯特的乐曲在简陋的乐器上，经四手联弹悠扬响起；夫妻俩还欲利用午后时光，在细水东流的小河里嬉戏；再后来，夕阳余晖下的乡间露台上，他们就着茶炊，细品慢饮；睡前，教授夫妇喜欢阅读狄更斯或是梅里美的作品，读着读着，便双双进入了梦乡……四十多年来，他们相拥而睡的姿势从未改变，是否这体态能让两人安然舒适地度过漫漫长夜；又或者，在这无数个相拥的深夜里，他们无意间面朝对方的转身，造就了独特的"抱团"睡姿。

唯一美中不足的是长久以来他们与儿子间无法调和的矛盾。满头银发的夫妻俩为此饱受折磨。儿子自愿挑选了一份常人绝不肯去干的工作，据说职位颇高。他同自己的胖老婆舒拉和小儿子亚历山大一起，生活在俄罗斯东北部的北极圈附近。命运有时就爱开玩笑——两个相隔千里的家庭成员，却叫着同样的名字。

1943年的一天，儿子将大女儿莉莉娅带到维亚特卡①的自己父母所供职的军医院。每天，夫妻俩都要在手术台旁站上十二个小时。当时，女孩儿只有五个月大，重三千克，形似干瘪布偶。从那天起直到战争结束，夫妻俩便彼此刻意错开了上班时间：通常，亚历山大·阿尔隆诺维奇在医院值晚班，而贝拉则负责照顾女孩儿的饮食起居。就这样，"教授夫妇的孙女"这个光荣头衔，莉莉娅失而复

---

① 俄罗斯城市。

得。小妮子的亲生母亲舒拉有时会来看她，但在她得知生母心胸狭隘后，苏立科和贝拉便被女孩儿称作"养父"和"养母"，而曾祖父也就成了她的"爷爷"了。

此刻，贝拉和苏立科正和衣坐在旧圈椅里。圈椅柔软，外套粗糙。夫妻俩半侧着身，面向老爷子的沙发床，却又假装着压根儿没听到爷孙俩的窃窃私语。

"爷爷！"莉莉娅惊恐万分地说，"所以，他们把所有……全部的敌人都倒挂在树上？"

"我没告诉你这是好还是坏。我只是还原故事本身而已。"爷爷回答，言语中略带一丝惋惜。

"所以，会有其他人过来，将马尔杰哈依折磨致死咯？"女孩儿忧愁地问。

"那是当然，"不知为何，老爷子很是高兴，"当然啦，这就是之后的故事。会有别人过来，打死所有敌人，而后一切重演。总之，我告诉你，以色列不是靠胜利而存活的，他靠的是……"老爷子将绑有黑色护身符的左手靠在额头，向上一指。"你懂了吗？"

"靠上帝？"女孩儿问。

"我就说嘛！你是个聪明的姑娘。"爷爷阿尔隆微笑着，由于牙齿全部脱落的关系，他带褶皱的嘴唇宛如新生儿的小嘴。

"你听听,老爷子都在用什么乱七八糟的东西危害小孩子的脑瓜呀!"贝拉在屋里忧郁地对丈夫说。

"我的小贝拉呀!我父亲不过是个鞋匠罢了。我小时候不是他教的。你知道吗?有时候我总在想,如果我也只是个皮鞋匠的话,或许一切会更好些……"苏立科黯然回应。

"说什么傻话,人生哪有回头路?"聪颖的贝拉气不打一处来。

"既然如此,那你也就别再为小莉莉娅担心了!"苏立科微微一笑。

"咳!"贝拉把手一甩,她是一个讲究实际的人,思想并不高邈,"我还真不为这一点犯愁呢!我担心的是,这小丫头片子在学校里胡说八道。"

"亲爱的,遇到今天这种场合,一切都不打紧了。"苏立科说着,耸了耸肩。

贝拉·吉娜芙耶芙娜的担忧实属徒劳,莉莉娅没什么好胡说的。事实上,也正是从那一年的秋日起,班里已经几乎没人愿意和这个女孩儿讲话了,除了本该被送往残疾人学校的宁佳·科涅金瓦娅——由于证明其先天性心智残疾的材料难以准备齐全,姑娘这才得以留在了这儿。宁佳身材高大,却是难得一见的美女,并且,不同于北方姑娘的早熟,她的发育期尚未来临。在班里,心智不全的宁佳是唯一一个会同莉莉娅打招呼的人。此外，当班里这群叽叽喳喳的孩子被领去参观任何一座红旗飘扬的博物馆时，宁佳也都自愿同莉莉娅站在一起，充当"旅伴"。

俗话说，"积习难改"，这对于一个时代来说，也同样适用。苏联时期，鞑靼人只和鞑靼人交朋友；中等生只和别的中等生混在一块儿；医生的孩子也只同其他医生的孩子同游嬉戏，至于犹太医生的孩子，这更是稀缺了。这种毫无意义又荒唐可笑的派别主义，即使在等级制度森严的古印度都闻所未闻。快到新年的时候，莉莉娅的同班同学兼同桌——塔季雅娜·郭刚被父母送往了位于里加的亲戚家。莉莉娅为此饱受了将近两个月的煎熬，也正是这样，女孩儿失去了唯一的朋友。

自那之后，任何突如其来的爆笑喧哗，任何欲言又止的窃窃私语——所有这一切，在莉莉娅看来，都是他人同自己的对立。在她周围，女孩儿不知听到了多少低沉的嗡嗡声。那是字母"ж"特有的发音，而俄文里"犹太人"一词的首字母也正是这个状如黑甲虫般的字符。可这还不是最伤人的，比这更伤人的，是小妮子发现了这样一个事实：一切折磨的根源竟直指她家姓氏，直指爷爷阿尔隆——他散发着皮革味儿的书籍，他那混杂着蜜糖和东方桂皮的气息，还有悬浮于房间左角落、围绕卧病于此的他的不断流动的金色光芒。

与此同时，令人费解的是，屋内的金色光线和街上粗鲁的嗡嗡声——这二者总是交相错杂。

一般来说，当期盼已久的放学铃声嘶哑响起，释放解放信号的一刹那，莉莉娅便会匆忙将模范作业本塞入包中，飞也似的往学校衣帽间跑去。没待系紧衣扣，小妮子便又健步如飞地跑向大街，任由下巴处的恼人搭扣松松垮垮垂挂着。女孩儿一心想着要跨越雪堆，跨越那些残留着碎冰、胶鞋一踏便会引得积水溅向长袜和衣摆的水坑。然后，穿过一个庭院，她便来到了自家楼房的入口处。在那里，灰色石灰浆的气味儿闻起来着实亲切，令人心安。再后来，女孩儿登上直通二楼的楼梯，一个小转弯，高大的黑色木门便最终进入了目之所及的范围。铜制门板上刻着他们一家糟糕透顶、难以承受、害人羞愧的姓氏——瑞莫斯基。

最近，女孩儿又多了一桩烦心事儿。在校园出口处，她总会撞见守候于此的维嘉·鲍德洛夫。这个双眸湛蓝、一脸冷漠、其貌不扬的男孩儿，总在高耸、生锈的校门旁晃荡。他在校园里被称作"鲍德里克"，人人拒之千里。

女孩儿和鲍德里克之间的博弈很是幼稚。他们学校只有一个出口，也就是说，若想回家就必须穿过斑驳的老校门。莉莉娅一心巴望着快点走出学校，好混迹于人群深处。

一路上，不少同班同学好心让路，也有不少人索性加快步伐，冲在了女孩儿前头。就在她进入"危险地带"的那一刻，鲍德里克先是假意放行，忽又凌空一脚，卑劣地踢向校门。女孩儿背部受袭，校门吱嘎作响。那一击并不沉重，却让人备感羞辱……每天，他俩的博弈都会被玩出些新花样。有一次，为了不让背部遭殃，莉莉娅在关键时刻突然转身，并在面部将要"开花"之际，稳稳地抓住了校门铁栏。

还有一回，女孩儿远远地看着，就是不靠近校门。久久徘徊之中，她装作一副不打算回家的样子。可鲍德里克的耐心也绝不是盖的，何况，他有的是时间。就这样，在对峙了半个多小时后，鲍德里克终于心满意足地逮到了女孩儿试图钻围栏的时机。可惜，小妮子出师不利。那狭窄间隙，估计只有骨瘦如柴的女孩儿才能勉强钻过去——还得在没穿笨重大衣的前提下。

当然，女孩儿也会碰上称心如意的日子。比如某次出校门时，她一溜烟儿地冲到了来自东西伯利亚的老教师安东尼娜·弗拉基米拉夫娜前头，使得鲍德里克束手无策，而老教师则对女孩儿"毫无教养"的此举震惊万分。

随着时光的流逝，莉莉娅和鲍德里克之间的博弈不断升级。如此较量，自然也吸引了不少围观者——那些时间多得没处儿使的"闲暇人士"。日复一日，围观者愈来愈多。与此同时，这些"幸运"的孩子前不久刚刚目睹了一出好戏。那天，莉莉娅试图攀爬过带尖的铁质围栏，场面引人入胜，女孩儿也基本获取了胜利。她先是把书包从围栏间隙中扔了出去，然后便踩在了预先计划好的、早已扭曲变形的几根栏杆上，顺势爬到最高处。她一只脚跨过围栏，紧接着跨出第二只，可她立马发现，自己犯了个错误——她忘记转身了。受到惊吓的女孩儿，在原处稍稍停留了片刻。蓦地，她踩着变形处，脸蛋紧贴生锈的铁栏，缓缓下行。

在此过程中，莉莉娅的衣角钩在了围栏尖角上。刚开始，女孩儿丝毫没有意识到这点，身体猛力向下拉扯。她身上的大衣原是教授的，后经翻改，才属于这个胖乎乎的少女。此刻，这件用风衣布制成的外套，正用尽全力，指望着自己坚韧的缝线能抵抗拉力。

兴致颇高的围观者见状，不禁议论纷纷。莉莉娅猛地向下一跳，活像一只俯冲的大胖鸟。终于，笨重大衣不再较劲了，清脆的"刺啦"声也随之响起。在女孩儿落地的那一瞬，鲍德里克已经站在了她身旁。他手里提着女孩儿脏兮兮的背包，诡异一笑：

"哟，小莉莉娅，挺有能耐的嘛！嗯……身手不凡！要不，再爬一次秀秀？"

说着，鲍德里克如猎人般，一个虚招后便将女孩儿的书包抛向空中，动作看似随意，却手法老到，同澳大利亚土著有一拼。就这样，书包向上飞腾、侧翻、转体，而后"啪"的一声重重落在了围栏的另一侧。围观者哄然大笑。

莉莉娅捡起滑落在地、拖着两根小尾巴似的绒线帽，匆匆往家的方向走去。离开之前，她环顾了一下聚拢的围观者，咬紧牙关，铆足了劲儿，不让自己的离开显得像是仓皇而逃。

没有人尾随。半个小时之后，宁佳将莉莉娅的背包塞进了门里。忠实的她还不忘用手绢替女孩儿将污染的书包擦拭干净。

第二天早晨，莉莉娅竭力装病，直抱怨喉咙疼。贝拉·吉娜芙耶芙娜先是朝女孩儿张开的嘴里瞧了瞧。接着，她将体温计塞进了小妮子腋下，瞥了一眼水银柱后，贝拉黯然"宣判"：

"小姑娘，快起床吧！不准翘学。每个人都得付出劳动！"

在贝拉看来，任何懒惰都是亵渎神灵的体现。这就是她的宗教信条，也是她绝不应允的"罪恶"。莉莉娅闷闷不乐地踏上了去往学校的行程。她步伐缓慢，故而错过了前三堂课。一路上，女孩儿都在为那无以逃脱的"放学噩梦"忧心忡忡，而在第四节课又发生了一件事儿。

那一天还是三月一日。永不倾塌的苏维埃社会主义共和国联盟，尚由伟大领袖斯大林掌舵。亚历山大·阿尔隆诺维奇和贝拉·吉娜芙耶芙娜——如若他们知道发生在内向的莉莉娅身上的所有这一切烦恼与不悦，大概会对此有所重视的吧！

言归正传。那日，安东尼娜·弗拉基米拉夫娜叽里呱啦地在台上授课，金属假牙忽隐忽现、光泽闪闪。除此之外，老教师还在自己的衣领上夹了一枚呈坨状的银色别针。第四节课快接近尾声的时候，她手持一米半长的光滑教棒，走到了教室侧墙上的彩色图纸旁，被当作花剑使的教棒，这会儿正指向了"多民族化"一词。

"孩子们，看这里……"安东尼娜称她们为"孩子"，而不是循规蹈矩的"姑娘"或是模棱两可的"大家"。"我们国家是一个伟大的多民族国家。而这个词，则涵盖了所有生活其中的民族。看到了吗？这里有俄罗斯族、乌克兰族、格鲁吉亚族，还有……"莉莉娅侧着身，如坐针毡。难道她现在就要说出那个词，惹得全班同学都看向我？小妮子这样想着。"还有塔塔尔族。"老教师接着说。

一瞬间，所有人的目光都聚焦向拉娅·阿赫玛托娃。

拉娅的脸蛋顿时涨得通红，而安东尼娜·弗拉基米拉夫娜则还在继续列举：

"还有亚美尼亚族，阿塞拜疆族……"

天哪，都说到阿塞拜疆了，快到了，快到了，哦不！

"……和犹太族。"

莉莉娅表情凝固，全班同学又将目光齐刷刷地投向了她。老教师安东尼娜的外公是教堂司事，母亲则是洗衣女。安东尼娜非贵族出身，却是"血统纯正"的知识分子。时至今日，她仍是圣洁的处子之身，并拥有医院出具的相关证明。大战中，她收养了一个患斜视症的名为佐雅的女孩儿。此外，安东尼娜还视车尔尼雪夫斯基为偶像，是克拉拉·蔡特金、罗莎·卢森堡以及娜杰日达·康斯坦丁诺夫娜①的崇拜者。她坚信"物质第一性"，就好比她担任教堂司事的外公深信圣母一样。安东尼娜纯净如透明的窗玻璃，她坚定认为敌人是敌人，而犹太人则是犹太人。哦！这个思想崇高的傻瓜②。

---

① 即娜杰日达·康斯坦丁诺夫娜·克鲁普斯卡娅，列宁的妻子，一生致力于研究马克思主义教育科学，并领导苏维埃教育工作。
② 说她思想崇高，是因为在苏联时期反犹情绪严重，但她却依旧相信民族平等。说她是傻瓜，则是因为尽管她相信平等，不歧视犹太人，但是这种反犹情绪已经遍布整个社会，就连孩子之间也存在不平等的歧视。在这种情况下她提到"犹太族"，无疑让莉莉娅十分难堪，但是安东尼娜并没有考虑到这一点。

莉莉娅当时并没能体会到老教师安东尼娜的高尚,她心生厌烦,趴在刷了漆的课桌上,任由长筒袜和内裤裤脚皮筋之间裸露出大片肌肤。

"一切民族都是平等的,"安东尼娜·弗拉基米拉夫娜继续着自己崇高的教学,她接着说,"没有劣等民族。每个民族都有属于自己的英雄或是罪人,甚至是人民公敌……"

老教师还说了其他一些无谓的、略显多余的话,莉莉娅无心聆听。她感到有只小虫在自己鼻头附近窜动,便用手指轻轻触碰了一下。女孩儿想,不知隔着过道相邻而坐的斯维特拉娜·巴哈多利娅,是否逮到了她的小动作呢?

莉莉娅运气很好,鲍德里克没有守在校门旁。女孩儿如释重负,全然解脱的感觉油然而生。小妮子未加深究,对于鲍德里克后天就"重出江湖"的可能性也置之度外,连蹦带跳地踏上回家之路。出口处的大门通常是被闩住的,今天却略微敞开。对于这一点,莉莉娅并未留心。大门开启,由光亮之处迈入黑暗的刹那,她依稀看到了一个黑影——有人站在内门旁。是鲍德里克!是他,是他用脚抵住了外门,以此来辨别过路之人。

漆黑一片中,他们相距两步。可不知为何,女孩儿还是看清了鲍德里克背靠内门,双臂展开呈十字状的模样,褐发稠密,头颅低垂。

这个鲍德里克还真会演戏。此刻,他摆出一副可怕而庄严的姿态。你以为他在模仿耶稣,可事实上,这只是个粗鲁、渺小而又不幸的强盗罢了。那女孩儿呢?她"病恹恹"地面朝鲍德里克站着。莉莉娅拥有闪米特人典型的面部特征——鼻梁高挺、鼻子精巧、眼角下垂、吻部突出——总之,和马利亚·约瑟①如出一辙。

"你们犹太人,为啥要把咱们基督钉在十字架上?"鲍德里克挖苦道,仿佛犹太人将耶稣钉在十字架上的唯一理由,就是为了给予他——鲍德里克——用生锈铁门袭击莉莉娅后背的"神圣权力"。

双方僵持在原地。女孩儿脑中一片空白,更别提想到"走为上策"的先人智慧了。要知道,通往大街的正门就在她的身后。可不知怎的,她愣在原地,一动不动。

鲍德里克走近。他抱紧她,手顺势滑下,撩起女孩儿没有扣好的大衣,又不偏不倚地摆在了她袜筒和接近腹股沟处的内裤皮筋之间,触摸到了女孩儿裸露在外的大片肌肤。

莉莉娅猛一挣扎,蹿至角落。她用书包抵住鲍德里克,

---

① 即圣母马利亚。

将他阻隔在安全距离之外。鲍德里克叹了口气，而女孩儿又蓦地抓住门把，夺门而出。她怒火中烧。周遭一切都仿佛在燃烧，被熊熊怒火吞噬。难以言明的情绪在心中扩散，漫无边际，也正是在这种情绪的作用下，女孩儿开始哆嗦。

门缓缓打开。鲍德里克高耸着不相对称的肩膀，走了出来。莉莉娅转身朝他扑去。她抓住鲍德里克的双肩，低吼一声，便将他死死抵在了门上。突如其来的攻势，让鲍德里克猝不及防。长久以来，他对莉莉娅所抱有的各种复杂情感——渴望、欺凌以及无意之中形成的对她富足、单纯生活的嫉妒之情——所有这些默认的情绪，在这一刻，竟都无力同女孩儿心头迸发的怒火相抗衡。

鲍德里克试图将她推开，却怎么都无法摆脱纠缠，更别说像以前那样，使出踢门袭击的招数了。此刻他唯一能做的，唯有从门口退至角落，躲在墙角盲区的地方，好让途经大门之人无从发现他俩。莉莉娅死命地晃动着鲍德里克的肩膀，男孩儿的脑袋撞在粗糙灰墙上，砰砰作响。鲍德里克气得咬牙切齿，可他唯一能做的，仅是腾出单手，朝着莉莉娅通红脸蛋的方向一阵乱挥。此时，他不像一般男人那样挥舞拳头，而是伸出了巴掌，以此自卫。就这样，鲍德里克用自己的脏手，在女孩儿脸上留下了四道触目惊心的抓痕。对此，莉莉娅全然未觉。她的怒火宛如灌饱了气的烈焰红球，在它被吹走前，女孩儿就这样一直重复着把鲍德里克狠狠撞向墙的动作。直到她终于从怒火中抽身时那刻，莉莉娅方才松开了抓在鲍德里克双肩上的手。她一个转身，留下毫无防范的背部供他偷袭。莉莉娅未曾考虑到这一点，只是朝着大门外走去，一路畅通无阻。

……就在那个刚刚逝去的夏天，她曾经多么喜欢他呀！她站在奶奶卧房的纱幔后，一连几个小时地观察着他：看他如何晃动手里的长杆，带动杆端的抹布不时摇曳；或是看他驯养的鸽子们如何慢腾腾地扇动翅膀，先是毫无组织、无规则地在鸽棚上头肆意扑腾，随后摸索出队形，从容不迫地集体盘旋。在此期间，它们的队伍不断壮大，并最终在温暖、纯净的天际消失了踪影。经过他家住所的时候，她也总会放慢步伐，驻足于这间装有两扇窗户的矮房前。她仔细窥探着住在建有鸽棚、谷仓和鸡窝的房子里的人，观察他们不同寻常的生活点滴。她看见了他家的铁桶以及老鲍德洛夫时常伏案工作的台面。那天，老鲍德洛夫恰得空抽身，躺在外头的草地上，为生锈的水管拧紧螺丝。

在贝拉·吉娜芙耶芙娜不合时宜的思想中，富人总应对穷人负有一定责任。于是，在夏末的时候，她让女孩儿捧着一叠熨烫整齐的、碍于小妮子今年疯狂发育而不再合身的衣服去拜访鲍德洛夫一家。鲍德洛夫家的姑娘们——

宁佳和妞莎尖叫着"瓜分"起莉莉娅的"施舍"。以扫院为生的多尼娅心存感激，她向女孩儿手中塞了一根小黄瓜。但鲍德里克呢？他远远就看到了莉莉娅，却转身朝远离公共大院的鸽棚、兔笼和鸡舍走去。他迟迟不肯来打照面。即使在莉莉娅驻足于畜栏旁的那段时间里，鲍德里克也都避而不见，留下莉莉娅一人不断朝着他的方向观望，看他究竟出来了没有……

而今，当走至家门口的女孩儿再度回想起这一切时，她才惊觉：原来最为可怕的心魔竟是这闷热夏日的情愫。

家中同他们共同生活了二十余年的老娜斯佳不见踪迹。曾祖父平静地陷入沉睡，鼾声此起彼伏。先前躺在老爷子身侧的莉莉娅，这会儿则躲进了奶奶房里。她坐在被贝拉·吉娜芙耶芙娜称为"悲情沙发"的贵妃榻上，这也是贝拉的"双数王国"里唯一没能成双的家具。其余的，类似镶有铜板的卧榻，或是精致的床头小柜，无一不是成对出现。就连那一对画框，也是同一个模子里刻出来的，仅是里头的画作稍有不同罢了。就这样，似乎有一面无形的镜子径直隔断了贝拉的整个房间。在莉莉娅生病的时候，她通常会将女孩儿带进屋里，让她躺在形单影只的贵妃榻上。另外，这也是女孩儿在童年时期，但凡碰上一丁点儿糟心事，便会匍匐在上哭泣的"疗伤小榻"。

此刻，她全身发冷，靠近下腹部的位置酸楚难忍。于是，莉莉娅在贵妃榻上蜷缩成团，蒙头盖上了印有方格图案的厚实大袍。袍子的不少地方，已有卷曲的雪青色线头脱落。女孩儿想要打个小盹儿，她也的确进入了梦乡。只是整个过程中，欲"酣然入梦"的念头怎么都挥之不去，萦绕脑海……

无论梦绵延得多么悠长，基调却总千篇一律。那是挥之不去的身体疼痛，也是永无止境的厌恶嫌隙。贵妃榻上质地粗糙的靠枕，内衣所散发的皂沫味儿，还有"红色莫斯科"——奶奶最喜爱的香水，所有这些都惹人厌烦。她心中只有一个愿望，愿自己远离这一切，愿自己钻入某个早已熟识的地洞。在那里，在温和的深渊里，环绕四周的仅是一个无边无际的长梦而已。再无皂沫味儿，没有疼痛，也没有不知出处、令人慌张的羞耻。她梦想着那个地方，一无所有，空空如也。

爷爷屋外低沉的忙碌声，娜斯佳的哽咽，注射器碰撞发出的叮当声，女孩儿都没有听见。

晚上八点，贝拉将莉莉娅叫醒。事实证明，小妮子的思绪的确已经飞到了极为遥远的地方。因为在睁开双眼的刹那，她竟对自己身在何处满是疑惑。渐渐地，小妮子的思绪从缥缈远方飘回了奶奶的卧房。回到两两对称的真实天地后，女孩儿差点儿没被贝拉俯身贴近的鲜活面庞吓一跳。那似是颠倒、似是陌生的面容，仿佛在证明她先前所进入的梦境之宽广优游，仿佛那里才拥有唯一的真实，才能让人信服地逃离眼前成双成对的一切。

四道新鲜的抓痕让贝拉·吉娜芙耶芙娜讶异万分。她端详着，它们从女孩儿的额头起始，贯穿面颊，直逼下巴颏。

"我的天哪！莉莉娅，你的脸怎么了？"贝拉·吉娜芙耶芙娜问。

女孩儿迟疑了片刻。刚才的梦真是太幽远了，使她几乎都忘了白天所发生的事情。然后蓦地，它重又浮现，连带上个礼拜的日日较量以及刚逝去的夏日里她对他的点点情愫。只是这一次，回忆像是以全然陌生、最微不足道的方式开启。所有这一切都成了女孩儿心头不值一提的小事，似乎是发生于很久很久以前，让人近乎淡忘的过往。

"没什么，和鲍德里克打了一架。"莉莉娅轻描淡写。说着，睡眼惺忪的她微微一笑。

"什么？你打架了？"贝拉·吉娜芙耶芙娜又问了一遍。

"是啊，他很白痴啊！问我什么，为何要把耶稣钉在十字架上的问题……"莉莉娅再度微笑。

"什么？"贝拉·吉娜芙耶芙娜耸起黑色浓眉，又问道。可未待女孩儿作答，她又转而催促她整理着装了。

就这样，先前在校门通道处，充斥于莉莉娅胸中的怒气，此时悄然袭上了奶奶贝拉心头。

"太可恶了！忘恩负义的东西！"怒火中烧的她一把拽过女孩儿的手，便气势汹汹地赶往鲍德洛夫的住所了。说到底，让她介意的倒不是自己在节日里有心送去那个不幸的女酒鬼家的精心包裹的三十卢布，也不是送给这家姑娘们的莉莉娅曾穿过的体面旧衣。让老婆子忍无可忍的只有一点：她成双成对的尽美观念使她无从理解，多尼娅家的坏小子怎么可以将脏手伸向她纯洁烂漫的孙女，并在其暗红的脸蛋上，留下了如此触目惊心的抓痕！顺便说一句，那伤口非得用消毒水清理才行。

贝拉·吉娜芙耶芙娜叩响大门，未得应答，她已然将歪斜不正的房门用力推开，一个硕大无比的壁炉映入眼帘。离地面不高的半空中，待干内衣悬于细绳之上，乱人眼目。乍看，实在辨不清人、物何在。这还不算什么。最为糟糕的是空气中弥漫着的比"红色莫斯科"牌香水还要刺鼻的味道，其中混杂着尿液、腐物和菌藻散发的气味儿。

"多尼娅！"贝拉·吉娜芙耶芙娜盛气凌人地吼道，站在炉子后头的她，满腹牢骚。

莉莉娅四处张望,让她感触最深的是他们家是水泥地,局部铺有凹凸不平的木板。宽大的铁床放置于犄角旮旯,鲍德里克正盖着杂色毛毯平躺于此。两头生锈的铁栏,和校园围栏如出一辙。宁佳和妞莎坐在他脚上,正将废弃的宽胶带一圈圈地缠绕在床头靠背上。每绕一圈之前,她俩都要在胶带上啐足了唾沫。在靠近床边的地上,一只扭曲变形的圆盆静静伫立。

正在壁炉后整理衣裳的多尼娅,这时探出了半个身子。

"亲爱的贝拉,我在这儿呢!"个头矮小的她,笑着说道。一颦一笑间,多尼娅双颊上的酒窝时隐时现。它们外形饱满,呈肚脐般的圆形模样。

"快来瞧瞧,你们家鲍德里克对我们姑娘干的好事!"贝拉·吉娜芙耶芙娜声色俱厉。而多尼娅呢?纵使对方怒目圆睁,她依旧百思不得其解,自己的鲍德里克到底犯了什么错?

让贝拉·吉娜芙耶芙娜备感羞辱的抓痕,在昏暗的灯光下根本难以辨认。莉莉娅逐步向身后的门槛退去。她很羞愧。维嘉·鲍德洛夫摇了摇头,探出身子耷拉于床侧。他就着圆盆,静静呕逆。

"哎哟喂,你个捣蛋鬼!"多尼娅转身朝向儿子,厉声呵斥,"快起来!还躺床上干什么……"

离开的时候，贝拉和莉莉娅都保持缄默。女孩儿跟在奶奶身后，同在做梦前的白天一样，她的心情再度跌至谷底。刚到家，女孩儿便将自己反锁在厕所里。她一屁股坐在马桶上，双手紧紧环抱住酸痛难忍的小腹。女孩儿还是第一次体会到如此糟糕的感受。她朝褪下的底裤上瞧了一眼，随即便注意到了天蓝色布料上那火红如郁金香般的点滴血渍。

我大概要死了，女孩儿猜想，她难受得要命，还丢脸丢到家……

此时此刻，奶奶先前提醒她的有关"青春期征兆"的话语被完完全全抛诸脑后。怀揣着满腹厌恶，女孩儿脱去了带血内裤，顺手塞在了倒扣的拖把桶底。接着，她将伤痕累累的脸蛋埋于手掌之中，呆若木鸡，一心等待着死亡的降临。

话说回来，静候已久的死神的确在这个家中大驾光临。沙发床上，昏迷已久的阿尔隆吐出了生命最后一口气息。他眼睑上的睫毛，早已寥寥无几。尽管他并未合紧双目，可也不至于露出眼眸，隐约可见的，只有眼表混浊的茫茫白翳。毛毯上，阿尔隆干枯的双手静静合十，破损的皮条依旧缠绕在左手臂上，它已经一个月没被取下了，这不怎么合规矩。他的孩子们——医学知识丰富的教授夫妇

——则站在老爷子床头。这一刻,所有的知识仅是徒劳与累赘。

在扫院人家里,杵在铁床旁的鲍德里克感到一阵沉痛。

在位于莫斯科郊外的屋里,已经仙逝的阿尔隆则安详地躺在狭窄的沙发床上,老旧的军毯覆盖了他的大半个身子。

时间指向三月二日。几天之后,莉莉娅的生父——她"养父母"的亲生儿子——将面带浮肿地站在简陋的领操台前。台下的数万方阵,乍望去,灰茫茫一片人海。军服上扣着圣洁蓝色肩章的他将满怀悲痛地向部员们宣布这样一个消息——伟大的革命领袖斯大林同志,寿终正寝。之后,莉莉娅班里五光十色的黑板报上,这则要闻也将以极为沉重的灰色调呈现。

那一夜,至于莉莉娅将自己反锁于厕所一事,无人觉察。

水痘

女孩子们将背部结满冰碴的旧毛皮大衣、缠成一团的手套围巾、湿答答的针织裤乱抛一气，扔上了高大结实、顶端镶有金属把手的美国造柜子。那时她们刚穿过两处穿堂院，经过美其名曰"卡佳什金村"的简易住房区和半倒塌的吓人教堂，从学校走到了阿列宁小巷，衣物都已经湿透结冰了。

相亲相爱的她们时而嬉戏玩耍，时而小打小闹。心高气傲的皮罗日科娃受了点委屈，直接跑开了；胖乎乎的普利什金娜追在后面劝她回来，也不见了踪影。其他人在阿列宁巷的院子门口等了她们五分钟左右，不过没等到人，于是就走进大门去了。

这是整个区里最好的一幢楼，建筑风格很独特，四角都有小塔楼，配有电梯。五个女孩子一起挤进了电梯里，踩了几下脚，跳来跳去，电梯发出一阵低沉的颤动声。

可怜的科雷瓦诺娃住在卡佳什金村，此时吓得愣住了：这是她生平第一次乘坐电梯。有着东方风情的美人坯子盖伊嘉·奥加涅相按了下凸出的按钮"6"，而她的双胞胎姐姐却在瞬间之后按下了"停止"按钮；不过她将来八成就长相平平了。电梯笨重地上升了半米后停下了。科雷瓦诺娃的眼球都鼓出来了，正像中间印有黑色数字的搪瓷电梯按钮。

盖伊嘉快乐地尖叫一声。绰号叫"瑞娅"的莉莉娅·瑞莫斯卡娅也朝按钮伸出手，不过维卡把她推开了。玛丽亚·切雷舍娃拉开书包，从里面掏出变色铅笔认真地放在嘴里沾上唾沫。她今天是值日生，所以没来得及回家一趟。按钮缝中吹进了一股棉花般轻盈的冬日喧嚣，她在木制的玻璃窗框上用歪歪扭扭的小字写下了五个可怕的字母，这是她直至生命尽头都未曾念出过声的词。这个词对她来说呈现令人嫌恶的棕色，中段有深不见底的塌陷，让人联想到扭曲翻面的灌肠器。

科雷瓦诺娃则是在学会叫"妈妈"之后就会说这个词了，其他许多词她也基本都知道，忍不住惊讶地眨了眨眼。

她自然不知道，在讨论确定小客人的名单时，阿廖娜妈妈坚持一视同仁的原则,她受邀仅仅是因为这个原因。处世周到的妈妈不经意间发现,差不多从一出生开始,孩子们身上便延绵不绝地继承下了"平等友爱"的观点,这产生了令人意想不到的后果:阿廖娜极为精明地判别出班上最富裕的几个女孩子和自己在家境上不相上下,并选择了与她们"友爱平等"地来往。

阿廖娜因此立刻被训诫一番,并根据妈妈的坚决要求,在客人名单中加上了穷困的科雷瓦诺娃。

女孩子们在上升的电梯中互相推搡、跳来跳去时,阿廖娜正无声地躺在凹室里父母宽敞的大床上,鼻子埋在枕头里,窗帘拉得严严实实,与世隔绝。

俄罗斯女孩阿廖娜·普姗尼奇妮科娃[①]其实部分算是个美国人:因战时父亲被派去华盛顿执行外交任务,她出生于那边医院的无菌产房里。阿廖娜遗传了父亲良好的西伯利亚体格,童年时期又获得了充足的营养,没有受到俄罗斯父母典型的过度保护和溺爱,成了一个理想的孩子:头发浓密闪亮,牙齿坚固洁白,皮肤光洁微微泛粉红。翘鼻子上横着散落了几点雀斑,牙齿不知为何像美国人一样微微凸出,戴着一副矫正牙套,这成了她美国化的最典型

---

① 普姗尼奇妮科娃的姓氏普舍尼奇尼科,原意为吃白面的人,即生活富足的人。

与最具决定性的特征。不过很少有人能猜到这点，除非是父亲方面有海外生活经历的同学。

健康快乐的阿廖娜都要哭了，她等待着自己"背信弃义"的客人们直至绝望。新年枞树早已挂满了精致无比的小玩具，餐桌上也布置好了八人份的餐具，每个盘子下面都压着米老鼠和其他不知名小动物的纸餐巾，盘子边则准备好了包装精致的礼物。

然而时钟上的指针已经快指向五点，本应四点就到的客人们却依旧不见踪影，况且阿廖娜再三确认过，今天没有任何节日庆典冲突，所以电梯大门打开的巨响、楼梯间的吵吵嚷嚷和响个不停的门铃声对阿廖娜来说简直是幸福的呼唤。她从床上一跃而起，扯了扯滑落的白色流苏高尔夫球袜，将深红色丝绒连衣裙上的褶皱捋平；这条裙子本是妈妈以前买来备用的，然而现在穿起来却太紧了。整理好衣衫后她急匆匆地跑去开门。

除了科雷瓦诺娃，其他女孩子都来过这座魔幻城堡，这里有两间分开的房间，其中一间一如既往神秘地上着锁，更为这间宅邸增添了几分诱惑力。只能推想，上锁的房间里塞满了异域的奇珍异宝：深海贝壳、羽毛和彩色琉璃制作的小玩具——这是铁路工人朴实的选择，是在执行外交任务时由社会主义春风顺道捎回来的。

女孩子们环顾四周后，在桌边停步不前。奥加涅姐妹还在玄关的大立柜旁磨磨蹭蹭，因为外婆放进日用手提袋里的两双鞋，不知怎的就只剩下三只了。盖伊嘉恶狠狠地翻动着空袋子，希望能够从中抖出那只不见的鞋，而维卡则急忙扣紧搭襻，这样寻找丢失鞋子的任务就完全落在妹妹身上了。

于是姐妹俩就这样脚踩三只鞋走进了房间，女孩子们发出一阵爆笑。

"大家都有礼物哦，就装在纸盒子里。坐在哪里就拆哪个盒子。"阿廖娜宣布道。

礼盒几乎都相同，不超过火柴盒的大小，包装有彩色、红色、金色，同时用五颜六色的丝滑细带系好。里面的礼物也不是糊弄人的小东西：各不相同的塑料胸针，只有盖伊嘉和维卡拿到的相同，都是头戴红帽、身背箩筐的小矮人。其他的还有小红帽、公主、花篮和天鹅王冠。科雷瓦诺娃拿到的最好——张开金色翅膀的纯白天使。还剩皮罗日科娃和普利什金娜的两盒礼物放着没有拆开。所有人都想打开瞧一瞧，不过阿廖娜怎么也不同意。

这些美丽的胸针钎焊在长长的别针上，小姑娘们纷纷将它们别在了自己胸前，终于就座用餐了。大部分菜品都很普通，有三明治、甜点，果盘里盛有家常饼干。不过插在黄色奶酪和粉色火腿三明治上的两齿塑料餐叉显得十分雅致，令人耳目一新。整个窗台上都摆好了梨汁柠檬水。

"阿廖，小餐叉可以拿走吗？"维卡饶有兴趣地问道。

其实所有人都忍不住想问，只不过其他人暂时没决定开口罢了。

"不知道，"阿廖娜不知所措地回复道，"这要问我妈妈了。"

"我只要一支，这支红色的。"维卡恳求道。

"你这也太厚脸皮了，真可怕。"盖伊嘉在姐姐的耳边低声说道。

"你给我闭嘴，灰姑娘。"维卡嗤之以鼻地回嘴，所有人再一次捧腹大笑。盖伊嘉脸红了。维卡特别爱挖苦人，外婆也这么说过她。

只有切雷舍娃一个人饿了。她面前的盘子上已经放了许多吃剩的小叉子了，可她还是一直拿个不停。科雷瓦诺娃并不饿，虽然她也想在自己盘子上放许多彩色的小叉子，但有点不好意思再拿了。自己的大块头、妈妈肥大的皮鞋、满是补丁的长袜也同样让她难为情，更别提那身姐姐的红裙子了，虽说自己也是恳求了许久才得以穿上它。于是她的盘子上只放着礼物的包装纸。她把天使胸针别在了自己的方格翻领衬衫上，时时轻轻按住以防弄丢。

"她现在连小叉子都要吃下去了!"维卡指着啃三明治边的切雷舍娃大叫。玛丽亚深深地埋下了头,系着发带的淡褐色小辫儿都垂到盘子上了。

维卡从她的盘子上抓起一把小叉子,将叉柄那头塞进了嘴里,这样朝外露出的便全是五颜六色的小叉子叉尖了。

"你表现得实在太不要脸了。"盖伊嘉提高了一点嗓门指责姐姐。

"关你什么事,在我们家那边,这么做完全没问题!"维卡故意口齿不清地回应道,大家又是一阵哄堂大笑。

只有莉莉娅·瑞莫斯卡娅没有笑。她在制服裙和裙罩之间藏了一个惊喜,正耐心地等待着合适的时机来临。不过这一刻暂时还没有到来,她用手指摸了摸小小的包裹,与此同时维卡却起身离开餐桌,从凹室的多人床上翻出一只可爱的大玩具熊,它厚背窄肩,身上是波浪形的长毛绒。

"这是泰迪。"阿廖娜介绍道。

"和费佳叔叔简直一模一样。"维卡心直口快地评价道。

所有人都笑得前仰后合。泰迪熊确实是梨形身材,脸孔莫名地故意向前突出,特别像学校的清洁工费佳叔叔。

维卡把熊放在自己的腿上,用小叉子开始喂它……

小姑娘们都在十岁左右,只有科雷瓦诺娃已满十一岁了。她们有责任表现出与年龄相称的成熟,也应当与自己的娃娃们告别了。全新的学习环境使过家家般的游戏显得幼稚可耻、需要遮遮掩掩，哪怕是用被子盖住也好。就连最严肃认真的瑞莫斯卡娅也会悄悄地把洋娃娃放在枕头底下，早上醒来之后再藏在书架上的课本后面。只有维卡这样满腔热情的人才会毫不在意别人的眼光，每分钟都迷上新东西。她把玩具熊放在腿上，紧紧搂住，声音甜美地开始哄逗娃娃：

"小熊熊，再吃一小勺吧！为了妈妈！为了爸爸！"因为忍受不了扮演早已众所周知的角色，她开始打破整个严肃的喂养仪式，自己找起了乐子，补上了一句："为了动物园里所有的小熊！"

玩具熊的眼神毫无波澜：深棕色的眼睛像扣子一样亮晶晶的，眼圈带着一丝温柔的粉红色。

小主人也经受不住诱惑，从可伸缩的沙发柜里取出了一整套各式各样的芭蕾舞者娃娃。阿廖娜已经好几个月没看到她们了，如今与爱丽丝、凯蒂、贝特西和琼再会，一下子乐得心花怒放。这些美国丽人已经险些陷入岌岌可危的境地，并在数十年后最终迎来真正的死亡——百万芭比娃娃大军，像百元大钞一般相似到再也难分彼此了。

盖伊嘉紧紧握住了一头长鬈发的贝特西。维卡毫无留恋地扔开玩具熊，抓住了黝黑皮肤的琼。琼朱唇轻启，娇艳动人，一口瓷制皓齿洁白闪亮，惹人怜爱得想好好喂养。

慷慨的阿廖娜把小婴儿凯蒂放在了科雷瓦诺娃的腿上，凯蒂穿着连脚裤，胸前有些晃动的碎屑，不过总体而言这个娃娃毫无生气，在混有杂色的天蓝色眼睛上，人造痕迹太过明显了。

瑞莫斯卡娅和切雷舍娃表面上一团和气，其实都在坚决地向自己身边拉扯着长腿的爱丽丝。爱丽丝则像小姑娘一样，来回晃动着头顶的亚麻色小辫儿。

阿廖娜从她们手中拿走了爱丽丝，她总是把爱丽丝当作大女儿来养。阿廖娜从沙发的长方形箱子里又拿出了两个娃娃——穿着短披肩的鬈发娇小姐和穿着水兵服的小少年，他脚上绣着扣子的皮鞋是全真皮的。这两个玩偶看起来有点年代了。

屋里只听得所有人静静的呼吸声。这一对玩偶完美无瑕，令人不敢触摸，更别提建立起游戏所必需的亲密喂养关系。阿廖娜也确认了这一点：

"妈妈从来不让我碰他们。她说这是传家之宝[①]，而不是玩物。"

阿廖娜有时会弄错比较难的单词。

[①] реликвия，宝物。此处阿廖娜念成了лериквия。

女孩子们俯身端详这一对躺在床边的玩偶,小心翼翼地摸一摸贵族小姐柔软光滑的长发或小男孩的真皮鞋。他们安详地躺着,眼睛仿佛是合上了,却又没有紧紧地闭着。长长的眼睫毛在绯红的小脸上投下一片参差的阴影。阿廖娜像个小导游一样地为同学们介绍着:

"这眼睫毛还是我妈妈小时候剪短的,妈妈看他们眼睫毛那么长,自己可委屈了。在萨马拉,外婆家住的是木头房子,还在十月革命前,房子着了火,家里整个都烧了起来。第二天,一位认识的女裁缝就把这两个娃娃拿了过来,还给幸运小子缝好了小小的大衣,给公爵小姐穿上了新连衣裙。因为外婆那时候快要生我妈妈了,于是给他们定制了新衣服。这也是火灾后仅存的东西了。"

听完这些话女孩子们都安静下来了,也不再去触摸两个娃娃了。突然响起的门铃声打破了这阵若有所思的寂静。

"您妈妈回来了。"科雷瓦诺娃满脸惊恐,小声提醒道。

阿廖娜耸了耸肩:"不,这不是妈妈。我爸妈今天回来得晚,他们在部里参加晚宴呢"。

没错,来的是皮罗日科娃和普利什金娜。胖乎乎的普利什金娜还在劝皮罗日科娃,脸上挂着天使般的愚蠢微笑,饱满的脸颊上荡漾出一圈深深的小酒窝。

骄傲的皮罗日科娃是著名马戏之家的后代,虽然她早就放弃了家族的杂技之路。她随随便便地拿起了幸运小子，漫不经心地说道：

"我家也有这样的娃娃。"

"这肯定是在吹牛。"所有人心里都这么想。

"你说谎！"维卡大声说道。

她们刚刚才杜撰出完美的生活，以游戏的形式将令人不满的现实修正为公平温和的理想社会，整个世界各司其事，有序运转：有人去打猎，有人去集市，听话的孩子们顺从地接受应得的惩罚，谦恭地遵从着母亲神圣的意旨。

但不知为何，此刻大家都无心玩耍了。

就在这一刻，瑞娅取出了自己准备的惊喜，隆重地宣布道：

"你们看我手里有什么！"

第一眼看上去好像平淡无奇，只是一些旧旧的明信片。莉莉娅把它们摊开平放在床罩上，女孩子们都跪在床前围成一圈，想好好看看这些明信片。

这是一种无比朦胧的美感。身着淡紫色、明黄色衣裙的美人们从画面中向外望。她们的鼻子又挺又长，一双明眸大眼生得好像连在了一起，眉毛在鼻梁处呈微微的弧形。她们手掌外翻、腿脚蜷曲，僵硬的姿势像是在做体操运动，很不自然。

坐在萨兹琴边的美人戴着金色的脚镯,穿着像金色小手套的精致便鞋,胸脯令人难以抗拒地裸露着,两点乳头也是金色的。

有人在舞蹈,有人在欣赏青铜圆镜中自己的身影;有两个人紧紧相拥,双腿纠缠,并且他们其中之一有可能是个男人,不过纠结这些完全没有意义。

有人一身鲜黄,额上戴着绿澄澄的大块宝石,肚脐眼上也穿着一块祖母绿,手里居然还捧着一卷书哪!还有个姑娘少女面庞,慵懒地怀抱着一只小羚羊。画中还有几个造型别致的金色鸟笼,笼中仿造的奇异小鸟站在兰花旁。低矮的树丛后生长着过分高大的石榴树,奢华的喷泉垂直喷着碧蓝静谧的水柱,四处散落着瓦罐、扇子、锦匣。胖乎乎的花白胡子老人穿着蓝色星辰长罩衫,系头巾,像个笨重的灯罩。一条巨蟒直立在他畸形弯曲的细小手掌中央,粗厚的尾部蜷成一团,像花形小面包似的。

这些幼稚卡片上的人相亲相爱,一切形式的触碰都是一种视觉的享受:脸颊贴着皮肤,手指托着瓦罐,扇子轻摇、清风拂来。这种母亲般亲切的彼此吸引的画面与氛围,强大而又无形,如同炉中烈火,毫无掩饰地流露出来,新奇有力地穿透了女孩子们的内心,要求她们做出某种回应,却又说不清具体是什么。

"现在！就是现在！我想起来了！我也有！"阿廖娜想到了，立刻飞跑出去，穿过走廊，平跟皮鞋脚底生风，直奔堆满了湿漉漉发臭的毛皮大衣的柜子。

她把这堆"小山"扔到了地上，不顾小小手指上精心修剪过的指甲，开始抠柜子严密扁平的插销。一侧的插销很不情愿地挪开了位置，另一侧也放弃了抵抗。

跪在揉成一团的衣服上，阿廖娜费力地掀起盖子，众人久久悬着的心终于落下了。几本压得死死的外国杂志盖在最上面。阿廖娜把它们拽出来之后，整个人钻进了大柜子里，时隐时现，动若脱兔。

她接连不断地抽出原本整齐叠放好的衣物：一条鱼鳞状束胸的黑丝绒连衣裙，接着是一条镶有花束的低胸晚礼裙，一堆令人目不暇接的绸缎衣服，例如鲜红内衬上绣有紫红菊花的浅烟黄色和服，还有各式各样、五光十色的丝绸睡衣。

从外交官妻子的时尚更衣柜中取出的一件件昂贵华服，就像安睡的婴儿一样，被女孩子们恭敬小心地手手相传。外交官妻子只有穿着深蓝色波士顿呢子大衣才觉得舒畅，胸前竖着两排结实的对襟纽扣，心里怀着对身体和外物肃然起敬的忠诚。

外交官本人深爱着妻子，对自己日日夜夜所处的生活，有种难以言表的幸福感，从不觉腻味，始终心怀感激。派驻美国的年岁里，他出手阔绰，送给妻子许多精美的衣装。妻子虽说并不需要这样的物质刺激，不过都欣然接受了，因此，他作为战时外交人员的大部分工资都换作了丝绸、天鹅绒和人造丝衣物。那时，尼龙还只能以分子的形式提取。

这份感激的物质结晶和经年累月的惊叹，如今在十几岁的小姑娘们手中重见天日，摊开在这对恩爱夫妻的床铺上，散落在德国印刷的波斯晚期写生画的精美复制品之间。尽管外观、颜色、气味已无法再一一匹配，不过这也完全没关系，因为这场游戏全部的魅力便在于它可以经由手边任意的材料创造而成，只要能在粉色与蓝色、柔软与坚硬、潮湿与干燥之间达成一种至高的引力平衡。

伊拉·皮罗日科娃斜眺着明信片，弯下了不停扭动的脊梁和无拘无束的关节，希望找到从未被熟谙解剖构造的艺术家们描绘过的理想姿势。尽管她的身体充满活力，受过良好训练，却还是发出了抗议。

"我要穿那件红色的。"维卡坚决的话音未落，就开始用力往身上套亮金色和鲜红色交织的绒布格子衬衫长裙。"我要打扮成那个样子！"她指着看中的插画，手舞足蹈地比画着。

"你先把穿着的裙子脱下来吧。"听从姐姐的建议，维卡扯下了自己身上灰棕色的格子裙。

对于这个年纪的女孩子们来说，内衣是企图灭绝人类的恶势力的发明。维卡短小的衬衫里穿着件寒碜的胸衣，扣子都已经泛黄了。两根已经松动的吊带又被缝了几针加固，连着的长筒袜收进了维卡丰满的小腿下部。之前，维卡外面套着的宽大裤子，完全配不上"紧身裤"这个称号。这一套内衣修身效果平平，最多在敏感部位点缀了几处红色花点，剧烈运动时还可能会撕破。那个年代，成年女性的内衣大同小异，大概是为了维护民族的贞洁品质吧。

"大家迅速换好衣服！"阿廖娜背着手下令道。她松开了一个个细细的环扣，并解开上面难缠的小小纽扣。

皮罗日科娃飞速脱下无趣的衣服，健美的背部熠熠发光，胡乱把腿套进宽宽大大的黑色条纹睡裤，像熟练的杂技演员一般，将多余的布料在男生似的大腿上严严实实地裹上几圈。来日成形的胸部现在还只像两点苍白的小粉刺，仍需合适的上衣遮蔽。长刘海下的一双眼眸搜寻着可供搭配的衣物。

切雷舍娃解开褐色的制服裙，窸窣作响地褪下裙子，媚人的脚尖点地，灵活移动，比量着该挑选哪件衣服，最终她灵敏的嗅觉停留在了那件浅烟黄色和服上。

科雷瓦诺娃垂下笨拙的双手,像根桩子似的站在房间里,对这令人向往却又使人害怕的邀请,左思右想。

莉莉娅·瑞莫斯卡娅忧郁地套上弹力紧身袜,时不时地看一眼画有驯蛇老者的明信片,心里萌生了一股做导演的朦胧欲望。

"让普利什金娜扮成魔法师吧!"

阿廖娜听到,生气地说:"什么普利什金娜?为什么让她来扮演?魔法师该让科雷瓦诺娃来当,她最高了!"

这听起来有理有据、令人信服,不过科雷瓦诺娃紧紧攥住肥大的红色短裙,脸都窘红了,根本无法下定决心。

娃娃们被挪到一边去。之前的那一场游戏,还没有怎么热闹起来就已受到冷落。床边四散的明信片也被移去他处。换装游戏已经拉开序幕,游戏规则却还不甚明了,于是出现了一段短暂的停滞。

瑞娅依旧只套着一只袜子,穿着浅粉色的丝绸睡衣,看起来模样滑稽。她转向书柜,用几近近视的眼睛盯着书背,看得入迷。

科雷瓦诺娃被剥下短裙,披上了一件背上绣有喷火巨龙的蓝绿色斗篷;胸前另绣有两条小一点的龙,这三条龙完全代替了缺席的毒蛇。她头戴阿廖娜爸爸的皮帽,裹着橙色睡衣,又绕缠上圣诞枞树的金丝线,深红色的睡裤穿出了宽松裤的感觉，从斗篷下面露了出来。科雷瓦诺娃就这样"岿然不动"地站着，让阿廖娜把纤细的小刷子点入方形瓷器，蘸上从妈妈梳妆台上取来的浓稠、柔软的染眉膏，给自己描画上胡须。小胡须还描得像模像样，络腮胡子却画不上去，最后只得拿庆贺新年用的棉絮粘在了下巴上。

女孩子们翻出了一个透明盒子放在桌上，里面装满了被她们称作"亮晶晶"的廉价饰品，这引起了一阵骚动。阿廖娜戴着一颗闪闪发光的巨大红色玻璃珠，任由它从额头渐渐滑落到长满雀斑的短鼻上，她慷慨地把项链和发卡分发在纷纷伸来的掌心里。

一切都五彩缤纷，让人目不暇接。时间本身也颤动着悄悄溜走了。她们就如同在日常生活始终一成不变的汪洋大海中找到了一座四季常青的热带岛屿，度过了接下来的三个小时。

莉莉娅怀揣着一本硬书壳的大部头作品溜出房间，走进厨房随便拉了张圆凳坐下，舒舒服服地把一只光脚垫在屁股底下。

莉莉娅将书随手一翻，朗声读道：

"在苍茫的大海上，狂风卷集着乌云。在乌云和大海之间，海燕像黑色的闪电，在高傲地飞翔。" 她挺喜欢这段话。

一缕唱片机尖锐的乐声从房间里传来,不过莉莉娅什么也没听见。

科雷瓦诺娃叉开双腿坐在床上,像个木头人一样傻气十足。棉絮掉进了嘴里,头饰两边歪歪倒倒,戴起来又闷又热。皮罗日科娃站在她面前裸露着腹部,轻轻地迈动着未成形的舞步,马上就要开始翩翩起舞。

奥加涅相姐妹们散开了自己的马尾辫,总算重重抹黑了本无须描画的亚美尼亚浓眉,嘴唇涂抹得像血盆大口一般,上唇孩子气的细柔茸毛也显得成熟了起来。

维卡再次参详了一番明信片,从外眼角到太阳穴画出几道深红箭头作为收尾,坚定地指示道:

"小伊拉,你跳起来,科雷瓦诺娃,你就坐在那里,你和我是新郎与新娘。"

"你是小傻瓜吧?"普利什金娜惊奇又好心地提醒道,"谁穿着白裙子,谁才是新娘。"

皮罗日科娃已经跳了半天舞了,一对翅膀都要脱臼了,纤纤玉腿高举过头顶,她对身边有趣的讨论置若罔闻。

"你喜欢的话你也穿上白裙子好了,我们都会穿上白裙子的。怎么,难道你还不明白吗,现在这一套都是按土耳其的风俗来的①。"切雷舍娃体谅地解释道。

听到"土耳其"这个词,盖伊嘉和维卡交换了一下眼神;她们俩听说过关于土耳其的某件事,那可不是童话或戏言,而是恐怖隐秘的家事,不可对外人多言。

普利什金娜最终披上了白色的床单——柜子里除了两条连普利什金娜这样的娇小姑娘也穿不上的超短网球裙,一条白裙子也没有找到。

最后出现了三个新娘的扮演者,阿廖娜也束紧了刺绣罗裙的下摆,想戴上些新娘的专属饰品。

"阿廖,你干吗呢?"切雷舍娃有些担心地问道,"你数数,都几个新娘了?四个了吧?新郎呢?只有我和伊拉,才两个人!"

"我不要当新郎,我是舞女!"皮罗日科娃转动下巴,双手一翻,冲了过来。

她的爷爷作为导师与教练,不仅训练出她一身紧致健美的肌肉,而且对她的性格加以引导,种下"无论做什么事情都要一根筋到底,直至最终彻底毁灭"的个性。他有过几次从训练厅抱她出来的经历。所以,她现在沉浸在这场舞蹈之中,用尽各种姿势扭动着身体,想要模仿明信片

---

① 土耳其是伊斯兰国家,存在一夫多妻制的婚姻习俗。

上女孩子的舞姿,她的动作已经很接近了,但还不完全一样,尤其是手势不像。

"凭什么要我一个人娶这么多老婆?"切雷舍娃愤愤不平地质问道。

"就这样,就这样吧,不是挺好的嘛,"阿廖娜放下厚重的裙摆,高兴地说道,"科雷瓦诺娃是国王,我是王后,她们是女儿们,三个姐妹都是新娘,我们一下子把她们嫁给了同一个新郎。"

阿廖娜一副心满意足的表情,就像数学小测拿到了第一名。

"不要,你想这么安排,我可不想,我要只属于我的丈夫。"维卡完全打破了阿廖娜严整的构思。

"维卡,别较真嘛,我们不过是在玩游戏罢了。"普利什金娜调解道,脸上一如既往地挂着又傻又甜的微笑。

"你要是真觉得无所谓,那你就去扮新郎,别来当新娘啊!"维卡较真地回击道。

"好的,"普利什金娜随和地答应了,马上把床单紧紧缠在身上,层层包裹下的桶形身材完全掩盖了胸部的性征,"请让我也来当新郎吧。"

"太棒了!"维卡高兴极了,"那就我嫁给切雷舍娃,盖伊嘉嫁给普利什金娜!"

就在一切都要尘埃落定的时候，一直斜眼看着大镜子中的自己的盖伊嘉却出其不意地发起了犟脾气：

"没门儿！我要玛莎①当我的新郎，你就跟普利什金娜在一块儿吧！"

"怎么了？"维卡惊讶地问道。

"没什么……"盖伊嘉泪眼汪汪地看着姐姐，"我不想要普利什金娜。"

"这又是为什么呢？"维卡半带威胁地质问道。

"就是不想，"盖伊嘉以温和却决断的口吻宣告道，"你去选普利什金娜。"

裹着床单的普利什金娜愣住了。阿廖娜正在专心致志地调整滑落到鼻子上的头饰。维卡产生了一股可怕的预感。她的喉头发紧，噎得喘不过气来，只得咽了好几下口水，想把这窒塞压抑的感觉赶走。明日的阴影已经笼罩在今日的生活上，这片阴影实在过于恐怖。盖伊嘉就好似有某种特权，她生命里可以轻而易举取得的东西，维卡却要千辛万苦才能得到。

"不行，"维卡坚定地拒绝了，"我也不要普利什金娜。"

"那么，就像我之前说的那样，"阿廖娜高兴地说道，

---

① 玛莎是玛丽亚的小名，是俄语词中的"指小表爱"变换。

"我们把三个女儿都嫁了同一个新郎。那他可得是个王子，我们就叫他穆赫塔尔吧！"

"别叫穆赫塔尔就行！"切雷舍娃笑出了声，"我们乡下别墅的警犬就叫穆赫塔尔！"

"叫季格兰吧。"姐妹俩异口同声地说，并陷入了遐想。她们俩有个在第比利斯的表兄，浓浓的眉毛、灰色的眼睛，长着茸毛的十三岁的脸上泛着丁香色的浅浅红晕。

"好吧，好吧，那就叫季格兰吧。"切雷舍娃同意了。

"那我要做什么呢？"科雷瓦诺娃怯生生地问道，她早就想去上厕所了。

"你坐着就好。我一会儿坐到你旁边。"阿廖娜答道。原本坐立不安的科雷瓦诺娃再次叉开腿僵住了。

于是大家都在桌边坐好，把剩下的柠檬水倒进了高脚玻璃杯中。她们在散落桌上的珠宝中翻找了半天，没有发现合适的戒指，便将金属薄片揉圆缠上彩色丝线作为订婚戒指。苗条的新郎腰带上别着一把厨用小刀，手中握着为三姐妹们准备的三枚戒指，新娘们则一个挨着一个地站在桌边。

"苦啊！①"阿廖娜大声喊道。

众人齐声附和。季格兰和维卡交换了戒指，亲吻了她，一口喝完了柠檬水。接着是盖伊嘉和普利什金娜。英勇的新郎手指上装点着三枚粗粗的箔片戒指。柠檬水也喝得一干二净。但总而言之，这场婚礼有些让人无法信服，明显少了点什么，而且在那个年代，成人的婚礼上总会出现某种不尽如人意之处，常有喝得烂醉后胡作非为的丑行，如同荒野里茂密的荨麻一般恣意生长。

盖伊嘉并未意识到这缺憾，正坐在床上把凯蒂娃娃裹进褓褓里，娃娃都几乎接近真实婴儿的大小了。

"现在我有了个宝贝女儿！"盖伊嘉向众人宣布道。

"怎么都有女儿了！这也太快了吧！"国王科雷瓦诺娃怀疑地问道，"是这样的吗？"她把右手食指硬塞进左手大拇指和食指扣成的环里。大家都一声不吭。

"什么？"盖伊嘉又问了一遍。

"孩子就是这么生出来的啊。"科雷瓦诺娃解释道，右手食指又往里塞了塞。

---

① 俄罗斯人会以反语的形式表示祝福。每当婚宴上有宾客带头喊起"苦啊！苦啊"时，在场众人便会齐声附和。这时新郎新娘会站起来当众甜蜜一吻，来平息亲友们的"叫苦不迭"。有一说为宾客们敬酒时喝的伏特加味道是苦的，需要新郎新娘用甜蜜的吻来减轻苦涩，故此举意在祝福新人婚姻生活甜蜜幸福。

桀骜不驯的皮罗日科娃依然舞动着纤纤玉手,像在剧院正厅演出一般。她躺在地板上,跷着的脚贴近后脑勺,扭动、旋转着手腕希望能把它们翻转过来。

"塔①,"盖伊嘉恳切地回答道,满心期待自己能够说服科雷瓦诺娃,"嗯,男人和女人结婚之后,就有了小孩……"

"你难道什么都不知道?"科雷瓦诺娃用手指在太阳穴上画着圈,"还是个小孩子呢,是吧?"

普利什金娜笑出了声,阿廖娜与切雷舍娃对视了一眼。

"你拍一我拍一,先生归家日头西;"科雷瓦诺娃用吟诗般的语调开始朗诵,"你拍二我拍二,新娘相迎心无二;你拍三我拍三,关门进房天色晚;你拍四我拍四,吹灭蜡烛干正事……"

"这个我知道,知道的啦。"盖伊嘉打断了她。

"不,你什么都不懂。"科雷瓦诺娃严肃地回应道。这倒不是说她什么都懂,不过她已经知道得足够多了……于是她继续念了下去:

"你拍五我拍五,翻身上床声簌簌;你拍六我拍六,夫压娇妻作衣袖……"

---

① 塔是塔季雅娜的小名,同样是"指小表爱"的变换。

"别说了……"盖伊嘉请求道,不过科雷瓦诺娃继续残忍地说下去:

"你拍七我拍七,阳刚之物尽入伊;你拍八我拍八,恭请医生作检查;你拍九我拍九,医生上门诊断久;你拍十我拍十,淘气小儿爬地痴。现在懂了吧?"

"什么时候会……这叫什么……"盖伊嘉喃喃嘟囔着这令人费解的谜语。

阿廖娜出身显贵,感到一阵尴尬,马上转移话题:

"你去问莉莉娅这叫什么。她全都知道。"

盖伊嘉怀里抱着娃娃,跑去了厨房。莉莉娅坐在圆凳上,已经换另一只脚垫坐,光着的腿晃荡着,一目十行地在读书。

"莉莉,"盖伊嘉摇了摇她的肩,"你实话告诉我,小孩子是怎么生出来的呢?"

莉莉娅心不在焉地抬起头,沉思了一会儿,声音有些沙哑,非常严肃地回答道"余弦"①,又埋头看书去了。外婆已于去年坦诚、科学地向她解释过受孕过程了。

盖伊嘉心里松了一口气。"余弦"不过是"余弦"罢了,不是什么可怕下流的骂人话。但是在回房间的几步路

---

① 此处莉莉娅弄混了"коитус"与"косинус"两个词。коитус,意为性交、交媾,косинус,意为余弦。

上，她突然产生了令人厌恶的想法：她自己的父母也可能为了生孩子做过这等"余弦"之事。不过，或许有些莉莉娅不知道的更为体面正派的方式呢。

她走进房间，这时切雷舍娃、普利什金娜和维卡三人的身体正在床上相互交缠，像是排演着一出伟大的戏剧；科雷瓦诺娃不时替换着左右脚站立，居高临下地微笑着，摇了摇手，一遍又一遍地说道：

"嗯……不是这样的，不是这样，一点儿都不像！你们要把腿抬起来！"

科雷瓦诺娃学习很差，在学校食堂她也坐在靠边的餐桌，吃的是专门为"白吃白喝者"提供的免费早餐，她的校服是家长委员会集资买的。而且她总是缺这缺那的：一会儿是胶底运动鞋，一会儿是橡皮套鞋，要不就是运动服。她在班上成绩倒数第一，是个彻头彻尾的差生。结果现在突然被发现，她竟知道这些成人的隐秘之事，而且就这样以毫不避讳的日常语气随随便便地谈论这些。她在众人面前摇身一变，从半睡半醒的大傻个留级生变成了一位大人物。所有人都充满期待地盯着她看，可科雷瓦诺娃实在想上洗手间，根本无心留意到自己地位的突然提升。

"塔，怎么样？"维卡趴在床上问道。

"糟透了，"科雷瓦诺娃敲着床批评道，"这里太宽敞了，应该挑个又窄又挤的地方才对。还要暗一点。"

"那就在这桌子底下吧！"普利什金娜高兴地要求道，科雷瓦诺娃怀疑地掀起了桌布，往桌下看了一眼。

"需要两个枕头，"她皱了皱眉头，"嗯，这边铺下床。上面拿点什么罩上。婚床就准备好了。"

"闪开，让我第一个上！"普利什金娜已经等不及了，蹦蹦跳跳地叫嚷道。

新郎已经躺进了昏暗低矮的新房，四壁的桌布透过几道光线，只看得到来回走动的脚丫子、固定的桌脚和黑色的椅腿。这桌下的黑暗使他产生了一种冲动，想做些可怕又神秘的事情。

普利什金娜则侧身挤过阿廖娜宽阔的肩膀，挪开椅子，喧嚷着钻入桌下。钻进去之后，她小声地咯咯笑着说：

"哎，我的丈夫，你在哪里呢？"

她傻兮兮笑着，把东西全都搞乱了，新郎只得重新再铺一遍："爬过来，爬到这边来。"

新娘爬了过去，和新郎彼此拥抱。她喜欢各式各样的拥抱、抚摸和隐秘的肉体互动。她搂住新郎，桌底下马上变得拥挤又闷热起来。

"我们学电影里那样真正接吻吧，"她提议道，"就像叔叔阿姨们那样。"接着她张大了嘴径直凑近新郎的鼻子。

他试图挣脱开去，可桌脚围栏岿然不动，只得用干燥皴裂的冰冷嘴唇对上普利什金娜滚烫潮湿的双唇。上方的空气突然变得非常安静。

"我现在来告诉你，怎么愉快地接吻。那般热情，那般热烈。"普利什金娜承诺道。

她弯下脑袋，坐在低矮的横杠上，掀起了床单，丰满的大腿跷起，食指伸向了小三角区的正中。

"把手给我，我来教你！"普利什金娜同她咬耳朵。

"你这个傻瓜。"切雷舍娃哧哧笑道。这招她自己也会，不过别人懂不懂她就不清楚了。

普利什金娜轻轻晃动了一阵，气喘吁吁又略带委屈地说道：

"说实话，我绝不撒谎，这么做那儿的感觉真好……"

新郎却闪到一旁，从桌子底下溜了出来。普利什金娜面色绯红、大汗淋漓，就像只刚游完泳的小猪崽，也爬了出来。

"盖伊嘉，现在该你躺进去了！"新郎邀请道。盖伊嘉扶着两张椅子背后宽大的椅套，不情不愿地钻进了桌底。新郎从另一侧挤了进去。

"是我，季格兰呀。"盖伊嘉听见一声沙哑的低语，闭上了眼睛。去年，她和维卡在第比利斯城郊外婆家的花园里玩耍时,季格兰也随着她们的婶婶来做客,他站在高高的露台上看向了她们的方位。维卡头也不回,轻声对妹妹说道:"你瞧,他在看我们呢。"

盖伊嘉知道,他注视的正是自己,于是转过身去。维卡毫无缘由地放声大笑,把短裙拉拉平整,做了个单腿立燕式平衡,高抬起绷紧的大腿,张开了双臂。

盖伊嘉平躺着,双目紧闭。他俯身压在她身上,一只手支撑在她头边的枕头上,狠狠拽着一绺她的发丝,另一只手分开了她的双膝。

她感到一阵窒息,只在梦中才感受过这般幽深、充斥内心的恐惧。这就如同幼年时期挥之不去的噩梦,让她在半夜突然尖叫着惊醒,需要被父亲怀抱着哄几个钟头才能够安静下来。

季格兰压在她的身上。

"别怕,你会觉得又舒服又火热的。"他耳语道。

"你在说什么,真的吗?"盖伊嘉已经吓呆了,"季格兰,别这样。"

"你这个傻瓜!当然不是当真的了!"切雷舍娃笑了起来,盖伊嘉这时才发现,哪有什么季格兰的影子啊。她也笑了起来。

台布的穗子被撩了起来,维卡歪着脑袋探进去。

"喂，快点吧，轮到我了！"她催促道。

当新郎在搞定最后一位新娘的时候，阿廖娜正忙着把一个大娃娃塞到盖伊嘉的浅黄色睡衣下面，并系在她的肚子上。

"像这样吗？"她向科雷瓦诺娃确认道。科雷瓦诺娃点了点头。

"完了，我要尿裤子了。"科雷瓦诺娃绝望地想道，使劲迈腿向门口挪去。

"你去哪儿呀？"阿廖娜惊讶地问道。

"回家。"科雷瓦诺娃简短地答道，感觉身体内部正在四分五裂，同时提醒着自己，千万不能把地毯给毁了。

"还没玩够呢。"阿廖娜茫然地回应。

"妈妈会骂的。"科雷瓦诺娃低落地说道，嘴唇几乎没有开阖。她觉得自己一旦张开嘴，就会滔滔不绝。她根本没有想过去问洗手间在哪里。

"最精彩的好戏才刚要上演，你怎么就……"阿廖娜拉长声音，失望地说道，为失去了这样一位宝贵的专家感到痛心。

科雷瓦诺娃却已经顺利地在一堆衣帽的最上方找到并套上了自己的大衣。帽子挂在袖子上，她甚至都没费心去找露指手套和围巾。拉下微微发亮的开锁拉杆后，她急忙跑至升降台。下方的电梯发出轰隆响声。上方半层高处，低矮的阁楼门前，笼罩着一方静谧的黑暗。她爬了上去，觉得已经来不及了，脱下穿着的秋裤和火热的深红色灯笼裤，蹲了下来。就在那一刻，喝下去的柠檬水迸射了出来，虽然已在肠胃里经过一番化学变化，可那淡黄的颜色却是始终如一。

"现在要来人抓你了。"这样的念头在她脑中一闪而过，她很想止住这喷涌的急流，却已无能为力。电梯咔嗒作响，砰地停了一下，又嗡嗡地响了起来。一条小溪从她整洁的大衣底下沿着楼梯顺势而下，试图蜿蜒地流淌到下方的升降台上，却渐渐漫流得越发缓慢，最终扩散成一片梨形的小水洼。她急忙提上裤子，用手抹去湿漉漉的脸上不知何时滑落的泪水，砰砰跺了跺脚，轻快自由地飞跑下楼，同时产生了一股奇怪的、急速上升而非下降的知觉。经历了焦急不安、险些受辱和身体上奇迹般的喜悦，待这阵情感余波过后，她连蹦带跳地跑回了家，妈妈根本没有在家里等着她，因为今天她去上夜班了。

直至回家后，在姐姐和两个弟弟困惑的目光下，她才醒悟过来，意识到自己去过了别人家，而姐姐的红短裙、新的牛仔娃娃和胸口别着的天使胸针也都落在了阿廖娜家。

在他们家窄小到只有半扇窗户宽的房间里，充斥着煤油、老夜壶和妈妈上班前刚烤好的新鲜馅饼的气味。这悲喜交加的心情让科雷瓦诺娃忍不住扑上妈妈的床。这张床在塔妮娅的记忆中前前后后经历过四个继父。她把脸埋在枕头里，大声地哭了出来，蓝绿色斗篷背上的金龙熠熠闪光……

怀孕的妻子们横躺在床上，马上就要生了。

"维卡和普利什卡生了儿子，盖伊嘉生了女儿。"丈夫诉说着自己的愿望，但阿廖娜突然粗鲁地撵走了他：

"你去买婴儿车，就这样！"

"你干吗，我可是王子！怎么能去买婴儿车！"被推翻的季格兰王子不动声色地生起闷气来。

"我们早就换了一个游戏了，你怎么还在扮王子！"皮罗日科娃耸了耸肩，她最终跳舞跳累了，扮演起了医生。

阿廖娜在一个大盘子上铺开了碗橱里取的水果刀和几把用途不明的小钳子。

"这些是手术器械，"她解释道，把盘子放在了床上，"全部消过毒了。"

她不久前才切除过阑尾，所以记忆犹新。

"要手术器械干吗？"普利什金娜惊讶地问道。

"你不知道吗？莉莉卡说有时候没法通过阴道，要把肚皮切开来的，"皮罗日科娃向她解释道，"经常要开刀的。你这样躺着干吗，你要呻吟。生孩子又吓人又疼。这是我妈妈告诉我的。"

普利什金娜像模像样地大声呻吟起来，维卡随之低沉地应和。盖伊嘉早就玩腻了这个游戏，捧着肚子上的娃娃，她回想起了季格兰站在露台上看着她的样子。"长大了之后我要嫁给他。"她下定了决心。

"喂，快一点儿吧，玩腻了！"普利什金娜开始埋怨起来。

"一切准备就绪！"皮罗日科娃以医生的口吻说道，"你们把裤子脱掉。"

产妇们扯下了丝绸睡裤。她们早就忘了，为什么要玩起这换装游戏，甚至也没有发觉，自己正压在莉莉娅那些袒胸露背的明信片上。

"啊！哦！"普利什金娜非常逼真地叫嚷道。她是个十足的戏精，完全是慈爱的妈妈一手培养出来的。

皮罗日科娃用钝滞的水果刀拨开了松软的褶皱。软体动物般湿润的淡粉色内部组织暴露出来。普利什金娜咯咯笑了起来——感觉痒痒的！

阿廖娜开始缓缓地把娃娃从肚子上向下拉扯。

"不，不是这样的！一点儿都不像！"降级后被发配去找婴儿车的王子插嘴道,"最好拿这个,而且要从真正的地方出来!"作为父亲,他希望尽可能地逼近真实,于是把一个光着身子的赛璐珞娃娃塞进了阿廖娜手里。

"莉莉卡说婴儿都是头先出来的。"皮罗日科娃提醒道。

"我好像生不出来,你们给我做手术吧。"爱慕虚荣的维卡恳求道。

"你等等,我先来的!"普利什金娜有点生气了,觉得自己老是被排挤。

在普利什金娜的轻声讪笑中,皮罗日科娃已经把娃娃旋进了正确的位置;他一头理发店修剪的发型,小小脑袋露了出来,像个粉色的泡泡。

"现在抓紧了!阵痛要开始了!"听到阿廖娜的提醒,普利什金娜赶忙用双手抓紧了两肋。

"喂,加油啊,在干吗呢!"医生催促道,"快生呀!"

皮罗日科娃抓住婴儿的头向外拉,普利什金娜却暗中往里拽着。于是皮罗日科娃便压在婴儿的头上,小脑袋几乎都看不见了,接着突然一扯。普利什金娜尖叫了起来:

"哎,你干吗呢,很疼啊!"

孩子生出来了。皮罗日科娃把他放在器械边的盘子上,阿廖娜帮她完成了安排之中的替换——往她手里塞了个更大的洋娃娃,本来生出的应该是这个娃娃,只是暂时被放在一边罢了。

普利什金娜把娃娃裹在襁褓里，顽皮地要求道：

"爸爸！喂，你快过来见见我！你应该过来看我的！从产房出来总是要见一面的！"普利什金娜也是有些生活经验的。

阿廖娜已经给维卡做了剖腹产，握着水果刀在肚子上横着划过。

盖伊嘉没来得及轮上，因为外婆打电话来问是不是该过来接她们了。几乎同时，门铃响了：切雷舍娃的家政女工莫嘉来了，玛莎恰好头疼，毫不抗拒地就跟着离开了——这可真是出人意料，想要把这个叛逆的女孩子在做客时带走，莫嘉都做好不厌其烦地打一场拉锯战的准备了。

所有人忽然间就累了。普利什金娜甚至肚子也饿了，吃掉了最后一块三明治。叉子就摊在桌上，无人过问。

电话又响了。这次是莉莉娅的外婆贝拉·齐诺夫耶娃打来的。莉莉娅热切地恳求她：

"亲爱的贝拉！再过半小时嘛，求求你了！我就剩一点点了！"

"你什么还剩一点点了？"贝拉·齐诺夫耶娃好奇地问道。

"读完《伊泽吉尔老太婆》，就差一点点了……太有意思了……"莉莉娅哀求道。她和其他人一样，小脸红扑扑的，兴奋不已。

客人们几乎一下子都走光了，阿廖娜觉得特别委屈。

阿廖娜的父母于十一点半到家时都惊呆了：屋子简直被翻了个底朝天。只有家具还在先前的位置上。他们默默地对视了一眼。阿廖娜睡在凹室里他们的床上，穿着妈妈的旧晚礼裙，四周散落着皱巴巴的明信片以及银色水果刀。爸爸抱起睡着了的女儿，妈妈看见她的脸蛋都烧红了。她伸手摸了下女儿的额头，摇了摇头。

"要阿司匹林吗？"丈夫轻声问道。

"稍等一下，我抱她上床。等下我们再看看。"她是个冷静的女人，不会轻易慌张。

当夜，普利什金娜也生病了。她翻来覆去，蹬掉被子。妈妈守了她一整夜。半睡半醒间，女孩儿说想喝水，妈妈拿蓝色陶瓷杯接了烧开的热水，温柔地递到她嘴边。她喝完水后，又陷入了同一个可怕梦境：一个蓄着黑色尖胡子的高大老人恶狠狠地俯身，呼出的热气贴在她脸上。他是财务稽核员，是身为富贵家庭女裁缝的妈妈无证经营多年来十分惧怕的人。

早上，普利什金娜终于醒了，对妈妈甜甜一笑，酒窝荡漾,又喝了一杯水。她水灵灵的大脸蛋上散落着粗糙的红色星星。她用大尿盆解了个手,体内有一点点刺痛,不过她没有在意。处女膜的破裂是那样轻柔,以至于她甚至未曾意识到这一点,而且因为这次的经历,对暗含敌意、弯腰靠近她的财务稽核员,普利什金娜一生都心怀莫名的恐惧。

奥加涅相姐妹俩一天后也病倒了,不过她们没发高烧,犯的是轻度水痘。在起大片疹子前,外婆立刻朝上面挤了滴洋葱汁,却没涂惯用的绿药水。外婆让她们躺在床上,变着法子逗她们开心。她讲述了先辈佐克人①的起源,大声唱起了佐克族凄凉优美的民歌,高音处嗓音微微颤动。

女孩子们的妈妈坐在圈椅里,一如既往地漠不关心。

玛莎·切雷舍娃和伊拉·皮罗日科娃也生病了。科雷瓦诺娃则从小就对疾病免疫。

莉莉娅·瑞莫斯卡娅也身体无恙。不过那天晚上她做了个最糟糕的梦:似乎是她的父母来接她,但不知为何不是回城里的公寓,而是前往乡间别墅。她以奇怪的姿势背靠着坐在某辆四轮大车上,看见露台窗户内爷爷奶奶苍白的面容,还发现露台仿佛动物园的兽栏——窗后有些加装

---

① 佐克人是亚美尼亚人的一支族群。

的铁网,如同猴舍里那样。马车自行跑动了起来,但不知为何这并未引人惊奇。莉莉娅坐在父母中间,妈妈用大手轻轻搂住了她,而她自己的手被粗硬带刺的毛发所包裹,就像碰到了胡子拉碴的男人脸庞。爸爸穿着军服,面目模糊不清。

随着深入行进,路肩也越来越高,莉莉娅惊恐地发觉,这条路正通往地下,这一切都不是梦境。最后残留的记忆,便是有一群柔情的东方美人在通往潮湿黑暗的入口处迎接她。她们向莉莉娅伸出半透明、发光的双手,邀请她加入这簌簌作响的圈子,莉莉娅松了一口气,意识到自己得救了……

与水痘一同结束的还有假期,不过严寒也降临了,年幼的小学生们从课业中解放了出来。当女孩子们再次在班级里碰面时,似乎过去的不是三周,而是三年。在阿廖娜家里发生的一切,仿佛是在遥远的童年了。有些东西变动了,更改了;她们互相之间有些难为情,也从未一起回忆过那个晚上,就像骇人的秘密事件中的共犯一般,发誓守口如瓶。科雷瓦诺娃也从那时起开始被尊重对待。

贫穷而幸福的科雷瓦诺娃

在红色的女子学校对面，五年后建起了一座灰色的男子学校。这似乎是为了宣告世界上理性的对称；同时，这也使竞争精神不必无谓地泛滥于整片区域，得以集聚于这两座屋檐之上，并以其淡蓝色光辉照耀着更为卓越者，尤其是在学习成绩、行为表现及事故统计（当然，这是一项负面指标）方面始终处于领先地位的女子学校。

据说，红色学校里的教学团队更优质，女服务员也较少偷窃，院子看守在冬季铲雪更加麻利，在夏日清扫道路更加用心。

女校长安娜·法米妮车娜也是个名人，二十年代时曾经和克鲁普斯卡娅共事过，并且非常想以娜杰日达·康斯坦丁诺芙娜的名字来命名学校，可惜最终是离此不远的一家产科医院得此殊荣。安娜·法米妮车娜有一副平静的金属般的嗓音，修剪整齐的亚麻色短发间插着圆形梳子，蓝色西装上衣的胸口平日里全是小孔，但节日时每个小孔中都有小螺钉嵌入并挂上勋章或是荣誉徽章，其余的则是别针固定的奖章。

教学团队是她精心挑选的，不过她考虑的不仅限于可从他们档案的隐密信息中甄别出的"社会可靠性"标准，在选择骨干人员时，她还会仔细考察教师的人格魅力和职业素养。安娜·法米妮车娜在区教育局极具威望，享有许多外人甚至无法想象的权力。

所有老师都熟知安娜·法米妮车娜的万般能耐，但在饱受心绞痛和放肆的高年级女生折磨的德语老教师伊丽莎白·克丽丝塔法洛夫娜退休后，当安娜·法米妮车娜在新学年前一天向他们介绍一位带有名将姓氏的新德语女老师时，他们还是不免大吃一惊。新来的这位卢金娜与其说是苏联老师，倒更像是一名外国艺术家。她刚从德国回来，和军人丈夫在那儿生活了很多年，她从头到脚都是源源不断的亮点，尤其是惹眼的双腿，包裹在透明、无缝的裸色长筒袜中，"不得体"地裸露在外，相当时髦奢侈。

教务组成员大部分都是女性，出于职业自制力勉强经受住了打击，可对于仍未被生活经历磨炼的小学女生来说，这便很难想象了。

总而言之，这一年怕是不大好过了：政府刚刚颁布了联合培养的指令，现在只有走廊尽头的洗手间区分男女，学校本身却不再作区分。只在这所红色学校工作过的青年女教师陷入慌乱之中，而具有战前在男女混合学校工作经验的年长些的同事，对这项革新尽管不甚赞成，但内心毫无波澜。伴随学校的合并，一种新的校服被引入，让人联想到革命前文法学校时的款式。在1917年前就开始自己教学生涯的老数学教师康斯坦丁·费多罗维奇，对于当前的变化做出了简短又难以捉摸的评价："校服使你的内在井然有序。"他从年轻时起就惜字如金，一句多余的话也不说。

对五年级二班来说，那个九月一日令人难忘：替代了交换去灰色学校的二十名同班女生的，是涌入的十五个光头小混混，他们愁眉不展，不知所措，密密麻麻地挤成一团灰色，蜷缩在教室左后方的角落里，形成一道谁都无法突破的防线。女生们竭尽全力装作无事发生，彼此相拥，结对占好座位。

伤心的斯特列科娃一个人坐在桌旁，为切雷舍娃感到难过，切雷舍娃已经早早离开，前往曾是男校的陌生世界了。被乡村烈日晒脱皮的塔妮娅·科雷瓦诺娃同往常一样，在后排落座，虽然还没开始上课，浅紫色墨汁就沾到了她脸颊上。

铃声响了,在它最后的嗡鸣声中,新班主任走进了教室。

全班一下子屏气凝息——不管是本校的女孩子们,还是新来的男生。她身材高挑健壮。四十一股目光停留在女老师身上,凝视着,不放过她外表上的任何一处细节。她的秀发如清漆般光亮,仿佛大礼堂中三角钢琴的琴盖,上面也确实喷抹了特别的发胶,其成分暂时还不为这个国度所知;大红色口红微微勾勒出樱桃小口的轮廓;缀有黑色蝴蝶结的深绿色平底鞋搭配同样深绿色的手提包,暗示这可不是一般的巧合;手指显摆着扁平的婚戒,那时从未有人见过这样的款式,诸如此类……

"等我长大了,一定给自己缝制件一模一样的格子西装外套。"阿廖娜·普姗尼奇妮科娃即刻下定了决心。其余的二十五个女孩子,没能同样迅速地做出决定,只是心神震撼、头脑茫然地盯着这美好容貌。

科雷瓦诺娃天生嗅觉异常灵敏,第一个察觉了复杂刺激、令人眩晕的香水味。她又深深吸入了一口这浓烈甚至有些催泪的香气,却不能把它抑制在体内,她打了个响亮的喷嚏。所有人都看向她。

"祝你健康！①"女老师说道，紧张的气氛缓和了许多，"现在你们想坐哪儿就先坐哪儿，等会儿我们再作安排。"女老师用严肃又有些尖锐的声调继续说道。

科雷瓦诺娃坐在后排的座位上，涨红了脸，浅灰色的雀斑浮现在通红的脸颊上。

"祝愿你们有一个快乐和顺利的新学年。我是你们的班主任，我叫叶夫根尼娅·阿列克谢耶夫娜·卢金娜。"她富有表现力地拉长了句子，却在句子结束时就意识到自己的担心毫无必要；孩子们会听从屈服于她，就像她以前教导过的那些年轻战士一样。"那么现在让我们来彼此认识一下，"她打开崭新的点名册念道，"亚历山大·阿尔费拉夫。"

阿尔费拉夫是男生中个头最小的，但长着一张成熟的面孔，看起来有点像侏儒。他扶着课桌站了起来，目光低垂。她沉默不语，等待他抬头注视自己。他望向了她。

叶夫根尼娅·阿列克谢耶夫娜是目光交流的大师，她通晓如何通过温和的、讥讽的、允诺的、神秘的或是鄙夷的眼神，闪电般地与人拉近关系。她读完了整本点名册，用眼神把这一条条小鱼都钓上钩，记住了一对双胞胎女孩、

---

① 这是一句俚语，用于别人打喷嚏时祝愿健康。

侏儒小子、前排笑嘻嘻的胖姑娘和其他几个特征显著的学生的名字。她的记忆力专业且敏锐，她自信自己一周之内就能分清他们每个人的姓名。她在闪亮潮湿的黑板上写下"今天是九月一日[①]"并开始了德语的教学……

对于高年级来说，这九月份最初的几天尤其令人神经紧绷。男生女生们意外地拉近了距离，以全新的眼光打量彼此，甚至他们之中的青梅竹马，也重新互相认识对方。校园浪漫迅速地发酵，折紧的小字条从一张桌子飞向另一张桌子，它们的飞行轨迹可比永恒的物理教科书里以30度角、45米每秒的初速度从枪管里射出的子弹的弹道有意思多了。

到九月底时，谁爱上了谁已是显而易见。科斯加·切列米索夫喜欢上了阿廖娜·普姗尼奇妮科娃，并且此后钟情多年；胖胖的希什金娜将自己宽广的心同时献给了留级体育生瓦西里耶夫和帅气的萨沙·加普；巴佳图利娅和孔尼科夫从第一节到最后一节课都恨不得用眼神把对方吃掉，小列娜·贝丝帕拉洛娃有一次在米乌斯基小公园的喷泉旁看到过他俩。

当然，还有其他隐约的好感、秘密的爱恋与暗中的嫉

[①] 此处原文为德语。

妒，不过最炽热、崇高而无私的感情则埋藏在科雷瓦诺娃的心底。她迷恋的对象位于难以企及的高度——那正是女神般的叶夫根尼娅·阿列克谢耶夫娜本人。

　　一周仅有的两节课和走廊上的短暂相遇无法抚慰科雷瓦诺娃的激情。在课间休息时，她常常站在教师办公室对面，等着她走出来，如同等待歌剧女主角出场一般，而每一次，叶夫根尼娅·阿列克谢耶夫娜都美得不可方物，她那难以言喻的美貌真实得超出所有预期，塔妮娅满心愉悦。尽管她幸福得呆住了，一些小细节也没有逃过她狂喜的目光：领口崭新的胸针，无意间从她西装外套顶部小口袋里露出的丝绸手帕边角。塔妮娅从没有像阿廖娜·普姗尼奇妮科娃那样幻想在无限遥远的未来、"等我长大"之时，拥有一模一样的格子西装外套。科雷瓦诺娃唯一的愿望就是想得到一张叶夫根尼娅·阿列克谢耶夫娜的照片。她早就开始期待学年末班主任居中的班级大合影了，她会用剪刀把她的人像剪出来，一定要剪成圆形，存放在文具盒搁钢笔尖的小格子里。可是，现在离学年结束还很远。

　　九月末的一天，她像密探般保持着恰当的距离，跟着叶夫根尼娅·阿列克谢耶夫娜走到地铁站，并决定尾随下去。她在"白俄罗斯"站隐蔽换乘后，最终在"迪纳摩"站下车，隔着相当远的距离跟随着那件浅色的外套。外套在树丛间时隐时现,沿着小路蜿蜒前行,绕过了曾经的彼得罗夫斯基公园附近的破旧别墅,而塔妮娅在金红的枫叶间穿行,仿佛徜徉云端。她盯着前方外套的褶子和盘在脑后光亮古典的发髻,愿意一辈子就这样走下去。接着女老师拐了个弯,不见了踪影。科雷瓦诺娃觉得她走进了"将军"家的院子,门口有巨大的花岗岩石球装饰,这才是唯一配得上她的房子。

后来她发现,叶夫根尼娅·阿列克谢耶夫娜真的住在这幢房子里。过了几天,当这暗中送行已成为日常仪式后,科雷瓦诺娃看见了一个五岁左右的小女孩,她穿着红色百褶裙,箍着漆黑光洁的秀发,迎面跑向女老师。一位愁眉苦脸、戴着顶猫耳圆礼帽的胖老太太陪着她散步。事实上这个小姑娘并不好看:额头很高,下巴很尖,下唇丰满。但塔妮娅觉得她看起来非同寻常。

"这是怎样的外国女孩啊。"她惊羡地自忖。这个外国女孩子叫列吉娜。小姑娘和父亲长得很像,过了一阵子,科雷瓦诺娃知道了女孩的爸爸是名矮小粗壮、下唇厚实的将军,他从停在叶夫根尼娅·阿列克谢耶夫娜家入口附近的黑色轿车里满脸不快地走了出来。

受贪婪而又单纯的、想见爱人的心愿驱使,科雷瓦诺娃远远地跟着她前往特鲁勃纳亚广场看牙医,悄悄陪同她去探望医院里的姐姐,在发廊外等待她长长的指甲涂上樱桃色的指甲油,又在她重回街上时,吸入从薄皮手套内渗出的令人迷醉的指甲油香气。就算是女老师生活中最隐秘的一面也难逃科雷瓦诺娃的法眼:每周二下午两点五十分,叶夫根尼娅·阿列克谢耶夫娜离开学校后都会朝地铁站的反方向步行,走到卡利亚耶夫斯卡亚街和萨达沃伊路交界街角的釉砖装饰的乳品店,在有巨大道具奶瓶的橱窗前停步。同一时刻,一辆灰色的"胜利牌"轿车驶来,从车里跳出一个高个子军官,绕过车来为她拉开车门。她坐上副驾驶座,他猛关上车门,脸上的表情难以捉摸。科雷瓦诺娃此时刚好拐过街角,透过小而圆的汽车后窗瞥见一只男子的手放在老师的后脑勺上。

过于自信、无忧无虑的叶夫根尼娅·阿列克谢耶夫娜曾亲口告诉过闺中密友:自己能够让学校的教书匠们有点自知之明。不过她却是个近视眼,她身旁人流涌动,而科雷瓦诺娃凭借自己是个孩子,以及平淡无奇、不会引人注意的外貌,能不费吹灰之力地隐藏在人群之中。于是,她便这样日复一日地暗中护送叶夫根尼娅·阿列克谢耶夫娜,甚至周末也不例外。科雷瓦诺娃会竭尽可能地等在她家装饰有花岗岩石球的院子里,以免错过她与女儿或丈夫离家外出……

冬天来临了。叶夫根尼娅·阿列克谢耶夫娜开始穿起华丽的羊皮大衣和白胶底的棕色皮鞋。班上的女生们总是在对叶夫根尼娅的穿着评头论足,可是科雷瓦诺娃却搞不懂这些谈话:她觉得,叶夫根尼娅·阿列克谢耶夫娜的盛装打扮并非为了证明她的优雅品味、阔绰富有或是她在国外生活多年的事实。这些仅仅是她自身的一部分,就好像那些闪闪发亮的皮毛大衣和轻便短靴、毛茸茸的高领毛衣和女式短衫不过是从她自身存在中分泌出的东西,正如珍珠贝分泌形成珠母层一样。

到十二月中旬,第二周快结束的时候,科雷瓦诺娃已经得了一大串两分[①],叶夫根尼娅·阿列克谢耶夫娜唤她过来,用坚硬的指甲点着一个个两分,对她说一定要努力赶上来。她指定由勤奋的优等生莉莉娅·瑞莫斯卡娅来辅导科雷瓦诺娃,莉莉娅热心地开展起了工作。每天,莉莉娅会等待科雷瓦诺娃在学校餐厅用完免费餐。她不时羡慕地看看公家的凉拌色拉,不知为何,她从未在自家的餐桌上见过这些。然后,她带科雷瓦诺娃回到自己家,她家离学校很近。

温柔的家政女工娜斯佳亲了亲莉莉娅,莉莉娅也回吻

---

① 五分制成绩的两分,不及格。

了娜斯佳一下。之后一只大头猫咪走了出来——它蹭了蹭莉莉娅穿着长棉袜的腿,最终一位简直像玩具般瘦小、名叫齐列奇卡的老妇人徐徐而出,又开始了一轮亲吻问好。齐列奇卡说什么都要带上"哎"的音——"能干人哎""小猫哎""到今天哎"[①]——她几乎什么都听不清,关于这一点莉莉娅在科雷瓦诺娃第一次来时就告诉过她:"齐莉娅是我们外省的亲戚,过来取助听器的。"

接着,她们洗好手走进了一个大房间,里面有铺好了雪白桌布的桌子、蒙上毯子的沙发床、竖式钢琴和许多其他各式各样优雅美丽的物件,甚至还有晶体管电视机。娜斯佳立刻端来了午饭,每人两个盘子,食物也非常特别。有一次,代替菜汤的是双把手小碗里的肉汤,配上另一个小盘子里盛的馅饼,尽管馅饼也是肉馅的,却非常美味,似乎有点甜。她们吃饭的时候,娜斯佳站在门边,双手交叠放于腹部,不知在乐着什么。当有一次娜斯佳送来的糖渍水果不是放在碗里,而是盛在玻璃浅碟中时,科雷瓦诺娃突然领悟到,叶夫根尼娅·阿列克谢耶夫娜家中的一切想必也同样富丽华美。只是房间里始终弥散着一股奇怪的味道,令人不安又恼火。"犹太人身上发臭。"科雷瓦诺娃

[①] 这些词汇或发音有误,或为陈旧词。

这样想。她知道犹太人因为某些不好的方面与他人不同。这是樟脑的气味，自莉莉娅的爷爷病倒之后就一直充满了整间公寓。

第二顿午饭后，人昏昏欲睡，莉莉娅领着科雷瓦诺娃走进了一个角落里的小房间，坐下开始复习功课。一开始莉莉娅还有条有理地进行讲解，但看到科雷瓦诺娃一副听不明白的样子，她便飞快地把所有的东西都写在了自己的笔记本上，只要求对方照抄。补习很快就结束了，因为娜斯佳会在四点时走进来，提醒道，"亲爱的莉莉娅，你有音乐课"，或是"亲爱的莉莉娅，你有德语课"……小莉莉娅便顺从地收起了笔记本，塔妮娅也离开了。

科雷瓦诺娃很喜欢去瑞莫斯卡娅家，甚至对叶夫根尼娅·阿列克谢耶夫娜的热情也稍稍冷却了一些，不过周日依然会去她家的院子。

十二月的第四周快结束时，科雷瓦诺娃除了地理科目还未参加考试外，所有之前未及格的科目都已经通过。于是莉莉娅亲自去找了地理老师，请求她唤科雷瓦诺娃过来。较之自己无趣的全五分，莉莉娅更为科雷瓦诺娃得了三分的成绩感到骄傲：她心中教书育人的虚荣心觉醒了。

与此同时，新年即将到来，班上要筹钱购买送给班主任的礼物。公认品位不凡的普利什金娜父母，代表大家买了六只水晶高脚杯，装在扁平宽大的礼盒内送出。塔妮娅未能亲眼看到这几只高脚杯，尽管她央求妈妈给了她十卢布，普利什金娜的父母还是在她的名字上打了个叉。作为弥补，她在高尔基街上的"玻璃水晶制品"商店外，久久端详过陈列于橱窗内的所有水晶玻璃制品后，在心中默默选中了这些酒杯中她觉得最为美丽的一组：它们高挑细长，杯颈顶部镶有带棱面的小圆珠。

随后，乏味无趣的假日便开始了。柯利亚生病在家。姐姐利季娅已经工作了，现在是一名绕线学徒工，于是只好留塔妮娅在柯利亚身边照顾他。接着萨沙也病倒了。科雷瓦诺娃不耐烦地等待着假期结束，早已开始想象再次见到叶夫根尼娅·阿列克谢耶夫娜时会是怎样的情形。在这段分别的期间，她的爱变得有些模糊不清了，但并没有消逝。事实上，这是种幸福的爱情，它本身并不索求什么，科雷瓦诺娃也未曾产生过效劳的念头：是啊，渺小的科雷瓦诺娃又拿什么来侍奉自己的神明呢？除了骚动不安的欢喜，她一无所有……

终于到了一月十一日。早上八点，科雷瓦诺娃就已站在学校大门口，等待着叶夫根尼娅·阿列克谢耶夫娜走入院内——就像战舰劈开漂浮的残骸与弃物。她就这样走了进来，似乎比科雷瓦诺娃印象中还要高挑漂亮，没有穿羊绒大衣，而是穿着红棕色狐皮夹克，系着绿色碎花方巾。

叶夫根尼娅·阿列克谢耶夫娜在教师更衣室脱下了外套，而科雷瓦诺娃在排队把自己寒碜的破大衣塞进存衣处的小孔，交给值班人员后，就溜去了教师更衣室。她嗅了嗅红棕色夹克，夹克闻起来半像野兽的气息，半散发出香水味，它像火焰和金属一样闪闪发亮。她轻抚过微微潮湿的袖子，趁没人注意时离开了。

放学后，莉莉娅喊她一同做功课，被她回绝了。因为原本垫伏的爱情被新的力量唤醒了，她决定今天无论如何都要照常暗中护送叶夫根尼娅·阿列克谢耶夫娜回家。

下课后，塔妮娅在学校院子里徘徊了半天，等待叶夫根尼娅·阿列克谢耶夫娜。三点半，她出现了，目不斜视，直奔地铁站，走下台阶。她没有同往常一样拐向中间车厢，而是走到了站台的尽头。那儿一个引人注目的男人迎面朝她走来，他系着白色围巾，没有戴帽子，胡须浓密灰黑。他不是那个每周二与她相会在乳品店的军人，不是她那戴着灰色裘皮高帽的丈夫。他相当年轻、那般俊美，同叶夫根尼娅·阿列克谢耶夫娜本人不相上下，手里捧着温柔地包裹在纸里的花束。

科雷瓦诺娃看着他们，感受到了一种触及美好生活的幸福感——就像在电影、戏剧中所看到的，或者想象着在天国里，她那住在乡下的、淳朴糊涂的奶奶总是同她说起类似的事。她马上想象出他们坐下吃饭的样子，桌上摆着两个盘子，而娜斯佳用小碟为他们端来馅饼。他们呢，则用底座镶有带棱小圆珠的高脚杯，喝着亮晶晶的红葡萄酒，这一切一定都发生在莉莉娅家那美轮美奂的房间里。这里没有母亲和她的情人们发出的窃笑声、喧闹声和咕哝声。从来没有，从不可能……或许，他们只会优雅地仰起头，亲吻彼此……

塔妮娅站在离他们相当远的地方，藏身在大理石拱门后。人潮涌动，他们很快消失在她的视野中。

在一月和二月中，学校里发生了各种各样的事：先是锅炉房起火了，停了三天课，直到炉膛修复；接着，刚退休不久的前德语老师伊丽莎白·克丽丝塔法洛夫娜去世了，因为某种原因，几乎全校都参加了她的葬礼；然后，七年级学生科兹洛夫从消防楼梯上跌了下来，一下子摔断了双腿；最后是校长安娜·法米妮车娜作为教师代表团的成员前往捷克斯洛伐克并归来，她在全校大会上讲述了兄弟国家捷克斯洛伐克的情况，并公开了捷克斯洛伐克少先队员们的通信地址，全校就像疯了一样地开始给他们写信。随后又是十佳书信大赛，信件寄出去之后，每个人都在等待回信。

三月初，所有人开始筹备"三八国际妇女节"。普利什金娜的父母再次筹钱购买送给班主任的礼物。科雷瓦诺娃恳求妈妈给她十卢布，可妈妈火冒三丈，不但没给钱还骂了她一顿。姐姐利季娅答应从工资里挤点钱给她，但上个月十五号发的工资在本月一号时都已经花完了。小塔妮娅一连哭了三个晚上，直到妈妈有天乐呵呵、醉醺醺地和瓦洛佳·塔塔林一起回家后，才给了她十卢布。

科雷瓦诺娃一大早就准备好要把十卢布交给普利什金娜的妈妈，她每天早上都会送小普利什金娜来上学并在存衣处收钱。但因为科雷瓦诺娃之前已经明说自己的妈妈不会给钱，于是便没人问起她这事。一整天，她都无聊地坐在后排自己的座位上。这天是周六，德语老师的休息日，因此没有德语课。课间休息时，塔妮娅也没有离开教室。她意兴阑珊。

最后一节是美术课。大家正描画着记忆中的花篮，上面系着题有"母亲节快乐"字样的红色绦带。科雷瓦诺娃则无事可做：首先，她没有画笔；其次，女教员瓦莲京娜·伊万诺芙娜是个胖女人，坐在桌子后面从不检查任何人的作品。

科雷瓦诺娃十分无聊，烦闷不已，直到突然灵光一现，产生了一个绝妙的想法：为叶夫根尼娅·阿列克谢耶夫娜买个真正的花篮,就像人们赠予艺术家的那种,然后偷偷地送给她,但是要以她个人而非集体的名义。

一下课,科雷瓦诺娃就飞奔去高尔基街。她知道那儿有家花店,透过橱窗,她曾经看见过这样的花篮。这一次,层层霜花覆盖住橱窗,什么花篮也看不到,于是她走进了小店。店内遍是花篮,她无法想象,冬天里的这些花儿是从哪里摘来的。

一个面色绯红的年迈男子,戴着圆圆的、天鹅绒顶的老爷帽,正在挑选鲜花。女店员告诉他:"德米特里·谢尔盖耶维奇,薇拉·伊万诺娃最喜欢绣球花了,人们总送她绣球花……"

男子长得非常像某个名人,以优美的音色回答道:"我的小可爱,薇拉·伊万诺娃可连绣球花和痔疮[①]这两个单词都分不清……"

科雷瓦诺娃悄悄地靠近柜台,差点儿没吓傻:绣球花要一百三十七卢布,而那篮稍小一些的呢,则要八十八卢布。就算是最便宜的只有红白两色花的花篮——茎叶弯弯长长,花儿没那么旺盛——也得花五十四卢布……不过她已经有十卢布了!科雷瓦诺娃争分夺秒地赶往马琳丛区,

---

① 俄语中绣球花为гортензия,痔疮为геморрой,这两个单词略为形似。

去找自家亲戚无臂的塔玛拉，希望能从她身上要到所缺的四十四卢布。亲爱的塔玛拉正巧在家，甚至十分高兴见到她，让她帮忙烧水泡茶。塔妮娅泡好了茶，用手喂塔玛拉吃了点面包、香肠，自己也吃了点。完了后，塔玛拉亲自询问她为何而来。

"为了钱，"科雷瓦诺娃老实交代道，"我需要四十四卢布。"

"为什么要这么多？"塔玛拉惊诧地问道。科雷瓦诺娃知道不应该说出真相，但是她不擅长当场编谎话，因此承认钱是用来给女老师买礼物的。

"我是你的亲人，"塔玛拉生气地说道，"况且还是个残疾人，你都从来没送过我任何礼物……我一分钱都不会给你。想要的话你就得自己挣。你帮我在澡盆里洗个澡，把衣服也洗掉，那我就给你点钱，当然，不可能给那么多……"

科雷瓦诺娃打了两桶水放在炉子上，等水烧热。整个晚上她都在忙着搓洗，各种衣物、床单装满整整一大盆。塔玛拉给了她十卢布，还一直埋怨她洗得不干净。

她很晚才回到家。妈妈去值夜班了，而利季娅已经睡下。早晨，她也没来得及和利季娅说上话，因为她一大早就去工厂上班了。直到第二天晚上，科雷瓦诺娃才和姐姐提起钱的事。利季娅头脑聪明、干活麻利,可是她真的没有钱。不过,她走去楼梯底下,那里挂着叔叔米欣的工作棉衣,里面的小玩意儿不止一次地帮了她大忙。她在两边的口袋里摸索了一阵,递给妹妹一把零钱,一共两卢布多。

那天晚上厨房里发生了争吵。住在绿色板棚的格兰尼娅伯母跑来,为丈夫瓦夏的事和娜塔莎婶婶对骂起来。邻居们聚在厨房里,科雷瓦诺娃的妈妈瓦莲京娜也在那儿看热闹。利季娅让塔妮娅站在门口把风,自己把手探进妈妈的包里,可是里面只有一张五十卢布大钞,别无其他。利季娅还有个备选方案,她怀疑小塔妮娅不会同意,但她终究还是问出口:

"假如你去卖身呢?"

"会很疼吗?"科雷瓦诺娃认真地询问。

利季娅思考了一下该怎样回答才是最好的,说:

"妈妈打人更凶。"

"那就这么做吧。"小塔妮娅答应了。

利季娅决定立刻开始交涉。她戴着顶灰色羊皮帽就出门了。她没有多少路要走,仅仅去了附近的院子,但她仍过了一阵子才回来,一脸满意的神情。

"嗯,他答应给点钱了,那个叫保克的。"她宣布道。

"真的吗?"小塔妮娅很高兴。

"没这么简单，"利季娅警告妹妹，"你要卖身的。"

"要是突然不给钱了呢？"塔妮娅担心起来。

"所以要先拿钱。"经验丰富的利季娅指点道。

塔妮娅虽然年纪还小，但头脑很清醒，说："是吗？他们会先给钱，之后再把钱抢走。"

"那我们一起去，我拿了钱马上就走。"利季娅提议道。

小塔妮娅十分高兴，这样就万无一失了。

"你自己去找过他吗？"小塔妮娅问姐姐。

"那时候，"利季娅不耐烦地挥了挥手，说，"妈妈刚生完小萨沙，就是那个夏天。后来她从产院回来，纽尔卡告诉她我去找过保克，她抽了我一顿。"利季娅回忆道。"现在我不干这活了。我要准备嫁人了。"她郑重地补充道。

塔妮娅点了点头，却心不在焉。她沉浸在自己的思绪中：几乎没有时间了，明天是六号，利季娅两点要出门，晚上又要接弟弟们，她们俩不可能同时在家。小塔妮娅不敢一个人过去，尽管她知道在哪里。

她们是七号傍晚前过去的。舒里克·保克①同妈妈和外婆一起住在绿色板棚的二楼。他是个年轻小伙，但有点残疾，一条腿长得歪歪瘸瘸，还短了一截。他没有服过兵

---

① Шурик，舒里克，俚语中指精神不正常的人，蠢蛋。Паук，保克，该词口语中指贪婪的剥削者。

役,也没有正经工作。他是个爱鸽人,他家板棚上边有个巨大的鸽子窝,他一直待在那里,甚至冬天时也盖着皮袄和旧地毯在那儿过夜。他不喝酒,不抽烟。据说他在攒钱买车。还有大家都知道的一点就是,他糟蹋小姑娘。他咧嘴笑着,牙齿稀疏,他曾亲口说过,板棚区没有哪个小丫头能逃出他的手掌心。然而,成年的姑娘就不关他的事了。

科雷瓦诺娃姐妹到他那儿时,他正十分忧虑地把一只半死不活的鸟儿放进鸟笼。

"你瞧,我好好的小鸽子全都被啄伤了,或者被踩死了,这种筋斗鸽太凶猛了。"他向女孩子们抱怨着。她们刚走进门,坐在门边一张摇摇晃晃的椅子上。

他又忙活了十分钟左右,把药膏抹在小鸟被啄伤的颈子上,朝粉色的小脑袋吹了吹气。接着关上了鸟笼,转身面向她们。

"小利,你家小塔妮娅这么高的个子啊,我以为她还小呢。"他提出了疑问。

"她比我小三岁,但是比我高很多。"利季娅解释道。确实,利季娅虽然已经满十六岁了,但她个子并不高,近一年来小塔妮娅长得比她高出许多。另一方面,利季娅很丰满,正如她们外婆所说,浑身是肉,而小塔妮娅则干瘦得像蝗虫一样。

"怎么，你要三十四卢布？"他问小塔妮娅。

"三十二就够了。"小塔妮娅答道，想起了还有两卢布的零钱。

"今晚有点儿冷飕飕的。"保克突然担心地说道，若有所思地在裤子口袋摸索了一阵，"你走啊，走啊。"他看向利季娅。

"钱呢？"利季娅问道。

"你什么时候还回来？"他饶有兴趣地试探道。

"我十五号拿过来，那天发工资。"利季娅保证。

"好吧。那你拿钱过来前的这段日子，就让她来我这儿，"他笑道，"算作利息。"

他从口袋里掏出一把零钱，用一些三卢布和一卢布凑齐三十二卢布。利季娅并未感到难堪，重新点了一遍。

"你走啊，走呀。"保克吩咐道。她静悄悄地走出了门。

小塔妮娅松了口气：她干活的钱已经收到了，收到了。

舒里克的手还在口袋里拨弄着……

"怎么，你想看看它？"

"不了，"小塔妮娅天真地笑道，"我得快点儿。"

"好吧，"保克没有抱怨，"那就坐在楼梯上，去那儿。"他指示她坐在已磨损粗糙的楼梯的第三根横档上，紧贴着鸽子窝的出入孔。"穿上毡靴，你要冻僵了。"当看见她隔着大衣褪去衣物，伸出赤裸的、鸡爪似的小脚时，他以一种恩赐般的语气指示道。

这一学年，男、女校的合并甚至让干瘪的扫帚都开出了花儿来：一下子，两个女老师的丈夫都跟无疑是婊子的年轻女人跑了；新来的文学老师杰尼斯金爱上了女实习生冬妮娅并仓促成婚了；未婚的美术老师，在过去的十年里一直挺着个大肚子摇摇晃晃地走来走去，突然就休起了产假；甚至安娜·法米妮车娜也在所有教职工讥笑的目光下向鳏居的数学老师疯狂地卖弄风情。值日生在教室里打扫出无数小字条，还有个来自相当体面的家庭的九年级女生做了堕胎手术，去的产科医院正是"克鲁普斯卡娅"，这导致安娜·法米妮车娜被传唤到区教育局挨了一顿训斥。还有许多各种各样的隐秘爱恋，不为人知。

学校正在为三八节筹备盛大的晚会，但科雷瓦诺娃那天逃了学。

她同往常一样在早上出了家门，不过带上了妈妈的小篮子。还不到九点钟，她就已经站在紧闭的花店门口，等待十一点开门。她没白这么早来：一小时后，她身后已经站了将近二十个人，等到开始营业时，队伍差不多都要排到爱丽舍商场了。

她立刻冲向了收银台，又排在第一个。先前选中的鲜花,她现在知道了,叫作仙客来,分为三种——白色、粉色和鲜艳的紫红色。她选择了紫红色的花,但也略微踌躇了一番;她同样喜欢粉色和白色的花。

女售货员正是不久前建议老人买绣球花的那位,把花儿漂漂亮亮地包扎好,帮忙放到了小篮子里。

这时刚过十一点,她坐了两趟无轨电车,到了叶夫根尼娅·阿列克谢耶夫娜家。她爬到顶层,然后又上了半段楼梯直到阁楼,坐在了那儿。她清楚得等待很久。麻烦在于,叶夫根尼娅·阿列克谢耶夫娜住在七楼,而塔妮娅却在十楼,仅通过电梯模糊的碰撞声无法推测电梯到底停在哪一层。每次有砰砰的敲门声时,她都会下三层楼,透过七楼的铁丝网,看看叶夫根尼娅·阿列克谢耶夫娜回来了没有。

快到午饭时间时,她看见列吉娜和阿姨闲逛回来了。另有几次老人小孩回来,不过是其他公寓房的。她想吃点东西,喝口水,睡一会儿。接着,右侧的牙齿又开始有点痛,不过自然而然也就过去了。塔妮娅开始担心,篮子里的花儿会不会蔫了,她揭开了上面的包装纸,但纸下花朵依然鲜嫩艳丽,她只是觉得颜色太深了,后悔没有买白色的。

之后,女儿列吉娜又被带出去溜达了,很快楼梯间的窗外天色渐暗。七楼又响起了开门声,这次出现了一顶灰色毛皮高帽。科雷瓦诺娃又坐等了四十分钟左右，心里盘算着：叶夫根尼娅·阿列克谢耶夫娜差不多也该回来了，她从不像其他老师那样，会留到学校晚会的最后一刻。

"是时候了。"科雷瓦诺娃下定决心，从小篮子里取出了用纸包好的花束，按在腹前拿至门边，把它放在了小地毯的正中间。接着她又上楼躲回了藏身之处，不过没等一会儿，差不多五分钟，叶夫根尼娅·阿列克谢耶夫娜来了。科雷瓦诺娃从上方看见了她红褐色的狐皮大衣和带着线结的小巧针织帽。她甚至听见了隐约的门铃声、钥匙孔窸窣的响声和男子不满的说话声。

这时塔妮娅慌忙离开了，跑向地铁站。地铁站里亮堂而闪耀，每个女人都捧着一株含羞草。她幻想自己提着一篮繁茂柔美的仙客来，茎叶光洁稠密，并且人生中第一次有了一种以富有为傲、轻蔑贫穷的体验——其他那些稀疏的黄色花球都散发着难闻的气味。她还有一种无法言说的、她也服务并融入这世界上的美妙和谐的感觉。仙客来很衬叶夫根尼娅·阿列克谢耶夫娜，正如她所有的盛装华服，正如她家门入口处的大理石球，正如那个留有小胡子的美男子，他如今几乎每天都和她在地铁站相会。

显然，卢金将军对小胡子青年的看法就截然不同了。他愤怒阴沉地给妻子开了门，预备质问她在学校晚会上被耽搁一阵后，她到底去哪里鬼混了。他领到了两张莫斯科大剧院盛典音乐会的门票，曾于四点半顺路去学校接她，可她根本不在学校。她告病早早离开了。她究竟去了哪里正是卢金将军想知道的，这个妒火中烧的男人早已嗅到了背叛的气息。

他的妻子提着一篮鲜花，带着困惑的微笑进了门：

"你瞧，谢苗，门口的地毯上有一篮鲜花……"

语音未落，她的丈夫卢金便狠狠抽了她一耳光，动作很大，简直像个婆娘似的。她一直过着骄傲尊严的生活，对此毫无防备，没站稳摔了一跤，眉头磕到了小镜台的桌角。花篮也摔落了。将军冲过去扶妻子，可她甩开他的手，起身走到一边，把狐皮夹克扔在地上，扭过头仅仅对他说了一个词："佩尼基①！"

这个她偶尔使用、像利斧般的词猛烈打向他，这是他出生的维亚特卡的一个可爱小村庄的名字，也瞬间让他变得微不足道，变成了小牧童、乡巴佬。他感到一阵锥心的痛楚和羞愧，好似不久前怒火灼心。后悔，突如其来的对清白的确信，甚至他妻子那种带点高傲的无辜，这些感受吞没了他。

---

① 地名，一个俄国村落。

她啪嗒一声锁上浴室的门。他站在走廊上，脸贴着门，几乎是含着泪反复请求道："亲爱的热尼娅①，好热尼娅，原谅我吧！"而热尼娅用湿毛巾压在流血的伤口上，因为疼痛皱着眉头，又从中感到一丝快意，孩子气地一遍遍地默念："我会的，我会的，我每一次都会！"

一篮仙客来倒在门厅的地板上，很难说它们是否为叶夫根尼娅·阿列克谢耶夫娜带来了盛大的欢喜……

但科雷瓦诺娃确实感到快乐：她匆匆赶回家，因为保克要求她每天都来做工抵钱，她又是个听话的女孩子，没想过要偷懒。快走到板棚时，她发现门是敞开的，而保克人却不在。

到家后，利季娅对她耳语道，院子里几个男人因为保克的一些下流恶行毒打了他一顿，他被送去了病院。鸽子窝连同所有的鸽子一起，都被捣毁了……过了好长时间，保克才再次出现在院子里，科雷瓦诺娃姊妹从未把钱还给他。一切都变样了……

这科雷瓦诺娃尚不理解的幸福，总是为悲伤所替代。叶夫根尼娅·阿列克谢耶夫娜再也没来过学校。一开始她以外伤为由请了病假，之后她的丈夫被任命为军事顾问派

---

① 热尼娅为叶夫根尼娅的"指小表爱"形式。

往国外,她启程前往东方的伟大国度。在那里,她为自己买了丝绸、软玉和祖母绿,并且根据身份他们配有一个厨师、两个仆人、一个园丁和一个司机,他们自然全都是中国人。终其一生,她都没有记起过科雷瓦诺娃。

可怜的科雷瓦诺娃却久久地日思夜想,渐渐地,她的爱似乎愈合了。她完全没有在意自己作为处女的牺牲,况且,除了利季娅和舒里克·保克,谁也不知道这件事。有一次她梦见了叶夫根尼娅·阿列克谢耶夫娜,不过梦中的情形令人不悦:似乎是在课上,叶夫根尼娅·阿列克谢耶夫娜走近自己,抬起精心护理过的玉手,用指关节叩疼了她的头。塔妮娅不喜欢新来的德语女老师,但是德语对她来说已成了一种崇高美好的语言。

科雷瓦诺娃忧郁苦闷、浑浑噩噩地度过了两年。班上所有的女孩子都发育成熟了,只有她像树一样只往上蹿,变成了班上个子最高的人,甚至超出了男孩子们。接着,她的胸部突然发育得很丰满,一头灰发变成了浅金色,很明显是一直清洗的效果,因为她妈妈在工厂里分到了一间带卫浴的两室公寓。于是她第一次显得可爱了起来,后来更是十分美丽。但是没有男孩子正眼瞧她,所有人都已经习惯了对她漠不关心。但安娜·法米妮车娜在五一节晚会上请来了最高党校的学员,他们正是最受爱戴的捷克斯洛伐克的同志们,而这些人又带来了其他形形色色的"瑞典共产党员",其中有保加利亚人、意大利人和一个货真价实的瑞典人。这个瑞典人邀请科雷瓦诺娃跳舞,可科雷瓦诺娃拒绝了,因为她不知如何跳舞。不过瑞典人还是爱上了她,放学后来接她,带她去电影院、咖啡馆,同她说德语,给她送礼物。过了三天,在四号时,她去了他宿舍。那天,与他相识的守卫员要值一夜的班。瑞典人叫彼得松,她并不非常喜欢他,因为他个子比她矮,还有些秃顶,尽管他很年轻。但他毫不吝啬,向她大献殷勤,所以她出于感激去了他那里。

后来他离开了,她并未感到悲伤。很快,她以三分的成绩,勉强从学校毕业了。妈妈希望她进工厂办公室,那儿有个空缺,但她想继续念书,考进了中等师范学校。但高等专科学校令她畏惧。

彼得松一直给她写信,一年后他回来娶她,可是没有一下子成功,手续上有些困难。他又回来了一次,最终成婚。不久,科雷瓦诺娃便动身前往瑞典。在那里,她所做的第一件事是给自己买了双白胶底短靴、一件羊绒大衣和几件毛茸茸的高领毛衣。她没有爱上彼得松,不过还是待他很好。彼得松自己总是说,他的妻子有神秘的俄国灵魂。她以前的同班同学则都说,科雷瓦诺娃过得很幸福。